十津川警部捜査行
愛と殺意の伊豆踊り子ライン

西村京太郎

祥伝社文庫

目次

午後の悪魔

1

五月十六日の午後二時過ぎに、最初の事件が起きた。

後《のち》に「午後の悪魔」事件と呼ばれることになった連続殺人事件の始まりだった。

場所は、渋谷《しぶや》区本町《ほんまち》のマンションである。

ヴィラ幡《はた》ケ谷《や》がマンションの名前で、302号室がその現場だった。

1LDKの302号室の住人は、片貝《かたがい》エリコ、二十七歳、独身で、といってもバツイチで、三歳の子供は大阪《おおさか》の親元に預けて、新宿《しんじゅく》のクラブのホステスをしていた。

十六日の夜おそく、同僚の三浦由美《みうらゆみ》というホステスが、休んだエリコのことを心配して、帰宅の途中、立ち寄ったところ、彼女が殺されているのを発見したのである。

「昨日、カゼをひいてたもんだから、カゼがひどくなって休んだんじゃないかと、心配して寄ってみたのよ。帰り道だしね。そしたら、びっくりしたわ。死んでるんだから」

と、由美は甲高《かんだか》い声でまくしたてた。

エリコは、白いバスローブ姿で首を絞《し》められ、ベッドの傍《そば》で殺されていた。バスローブの下は裸で、犯された形跡があった。

彼女のことをよく知る由美によると、エリコは午後一時ごろに起き、ゆっくりバスにつかり、そのあと裸の上にお気に入りの白のバスローブを羽織《はお》って、テレビを見ながら遅い朝食をとる。四時になると、いきつけの美容院で髪を整えてから、店に出勤するのだという。

刑事たちが調べたところ、皿の上にトーストが二枚とジャムの瓶《びん》がのっていて、さめてしまったコーヒーがあった。

単純に考えれば、この日も午後一時ごろに起き、バスを使い、裸の上にバスローブを着て、トーストとコーヒー、それにジャムで、朝食をとろうとしたとき、誰かが訪ねてきて、その人間に殺されてしまったことになる。

「どうもわからんね」

と、十津川《とつがわ》がうつぶせに横たわっている死体を見ながら、いった。

「被害者の行動がでしょう？」

と、亀井《かめい》がいった。

「そうだよ。バスローブ姿で、これから朝食をとろうとするとき、若い女が、部屋のドアを開けておくとは思えないからね」

「しかし、彼女は、ドアを開けて、相手をなかに入れたんです。鍵《かぎ》を無理にこわした痕跡はありませんから」

「とすると、顔見知りか。それも、こんな格好でなかへ入れたとすると、ごく親しい相手ということになるね。そうだとすれば、犯人の逮捕に、時間はそうかからないな」

と、十津川はいった。

死体は、司法解剖《かいぼう》のために、大学病院に運ばれた。

その間、十津川たちは、被害者の部屋を調べ、マンション内の聞き込みに走った。

ヴィラ幡ヶ谷の住人の大部分が、独身のサラリーマンかＯＬだった。

被害者のような水商売の人間を別にすると、午後二時ごろといえば、会社に出かけている時間帯である。

管理人は、一日おきに、依頼している会社から派遣されることになっており、五月十六日のこの日は、休みの日だった。

したがって、白昼にもかかわらず、３０２号室に出入りする犯人を見たという目撃者は、見つからなかった。

被害者の部屋からは、店の客のものと思われる男名前の名刺が二十九枚見つかり、それとは別に、アドレスブックがあり、それにも男の名前と、電話番号が書きこんであった。

このなかに犯人がいてくれれば、事件の解決は早いだろう。

渋谷署に捜査本部が設《もう》けられ、翌日、司法解剖の結果が報告されてきた。

死因は、窒息《ちっそく》。絞殺である。

死亡推定時刻は、十六日の午後二時から三時。

エリコの膣内から、精液が検出され、血液型はB。

また、同僚の由美の証言によると、エリコは、いつも現金を五十万ぐらい家に置いておき、万一の用心にしていたという。その金がなくなっていたから、犯人は、彼女を殺したあと、室内を物色し、金を盗んでいったことになる。

十津川たちは、押収《おうしゅう》した二十九枚の名刺の男たちと、アドレスブックの男たちを、一人ずつ洗っていった。

全員で、五十六名。顔の知られたタレントもいれば、スポーツ選手もいた。大半は、サラリーマンだが、なかには、東京の本社から、大阪支社に転勤している者もいた。

ただ、アリバイを調べる時間が、午後二時から三時で、たいていの男が働いている時間である。その点では、アリバイ調べは簡単だった。

丸二日かかって、五十六名全員のアリバイを調べ終わった。

だが、全員にアリバイがあった。

2

十津川と亀井は、エリコの働いていたクラブにいき、由美以外のホステスたちに会い、ボーイに会い、マネージャー、ママにも会った。

きいたことは、エリコに恋人はいなかったかということである。恋人でなくても、パトロンでもいい。

アドレスブックには名前のない特定の男がいたとすれば、その男が犯人にちがいないと、十津川は考えていた。

だが、ママは、十津川の質問にこう答えた。

「あの子は、男好きのする顔だから、お客にはもてたわ。でも、彼女自身は、いつも特定の男は作らない主義だといっていましたよ。きっと、前の結婚で、ひどい目にあったんだと思いますよ」

マネージャーは、

「そんな男がいたとは、思えませんね。いれば、わかりますよ」

由美を含めた同僚のホステスたちは、思い思いに、

「年齢《とし》より大人で、お客にのめりこまない人だったわ」

「お金を貯めて、独立して、娘さんと一緒に住みたいんだといっていたわ」

「あたしが、男のことで困っていたとき、エリコさんに相談したら、男ときちんと話をつけてくれて、もっと、しっかりしなきゃ駄目よといわれた」

「お客さまは神さまだけど、神さまに溺《おぼ》れちゃ駄目というのが、口ぐせだったわ」

また、エリコの預金を調べてみると、M銀行に五百万を超える残高があり、他に、娘の名前で毎月十万ずつ、預金していることもわかった。

特別に、高額の入金もなければ、出金もない。そのことからも、彼女が特定の男とつき合っていなかったことが、想像された。

しかし、このことは、十津川にとって、事件の解決が、困難になりそうなことを予感させた。

彼女の周囲に、バスローブ一枚でいる彼女の部屋に入れるような男は、いなかったことになってくるからである。

だが、現実に、彼女は男を部屋に入れ、暴行され、首を絞められて、殺されている。

それをどう解釈したらいいのか、答えが見つかれば、事件の解決は、近くなるのだろうが。

「もっと、身近な人間ということは、考えられないかね?」

と、捜査会議の席で三上《みかみ》本部長がいった。

「身近なですか?」

「今まで、被害者の男関係といっても、主として、店の客を調べたわけだろう?」

「そうです」

と、十津川がうなずく。

「他にも、男はいるはずだ。彼女には、きょうだいはいないのかね?」

「姉がいて、すでに結婚して東京に住んでいます」

「それなら、義兄《あに》だって、男だよ。突然、義兄が訪ねてきたら、部屋に入れるんじゃないかね? 他に親戚もいるだろう。叔父や従兄弟《いとこ》だって、男であることに変わりはない」

「親戚は、ほとんどが両親と同じ大阪に住んでいるようですが」

「彼女は、三歳の娘を、大阪の両親に預けているんだろう?」

「そうです」

「それなら、大阪の叔父や従兄弟が、訪ねてくれば、娘のことをききたくて、ドアを開けるんじゃないかね?」

と、三上はいった。

たしかに、本部長のいうとおりだった。

被害者の片貝エリコが、クラブのホステスということで、男関係というと、店の客と考えてしまった。先入観が働いたのだ。

急遽《きゆうきよ》、捜査範囲を広げた。

義兄の名前は、篠原勇《しのはらいさむ》。三十八歳である。

中央《ちゆうおう》自動車のセールスマンで、高円寺《こうえんじ》支店勤務だった。

毎日、中央自動車の車カリブに乗って、担当地区のセールスに、回っている。

渋谷区本町は、篠原の担当区域ではないが、地図で見れば、高円寺と渋谷区本町は、車なら十五、六分の距離でしかないことがわかる。

セールスの途中で、篠原が渋谷区本町まで足を延ばすのは、簡単だろう。姉のことで大事な話があるといえば、エリコは、何の疑いも持たずに、ドアを開けただろう。

「まず、篠原の血液型を調べてくれ」

と、十津川は亀井たちにいった。

亀井と西本《にしもと》が、中央自動車の高円寺支店にいき、社内の健康診断のときのカルテを見せてもらった。

「彼の血液型は、Bでした」

と、亀井は帰ってきて、十津川に報告した。

「それだけではな。日本人の二十パーセントはB型だから」

と、十津川は慎重にいった。

「他にも、向こうで聞き込んだことがあります。篠原の奥さんは三十歳で、名前はユミコですが、子供がいないので、彼女も、働きに出ています。それが原因かどうかわかりませんが、最近、夫婦仲がうまくいかず、篠原はよく会社の同僚にこぼしているそうです」

と、亀井はいった。

「そのことで、篠原は、義妹《いもうと》にたまたま相談しにいったが、裸でバスローブ姿。むらむらとして、強引に関係してしまった。しかし、それを知られたら身の破滅と思い、エリコを殺してしまった。考えられないことじゃありません」

と、西本が、いった。

一方、大阪には、被害者の叔父が住んでいるのが、わかった。母親の弟で、四十二歳。長距離トラックの運転手をしていた。

彼のことは、大阪府警に、依頼して、五月十六日の午後のアリバイなどについて、調べてもらった。

五月十九日に、その回答が、FAXで、送られてきた。

〈青木《あおき》健一郎《けんいちろう》（四十二歳）の調査結果について、報告します。

青木は、S運送の運転手として、五年間勤務しています。妻広子《ひろこ》（三十五歳）との間に、六歳の男の子がおり、夫婦仲は普通です。ということは、特別よくも悪くもなく、青木も一人息子を可愛がっています。問題の五月十六日の彼の勤務表によれば、午前七時に大阪を出発し、東京に愛媛《えひめ》みかん十二トンを運ぶ。東京着は十二時二十分。帰途は、東京から高級家具を積んで、午後一時五十分に出発。途中のサービスエリアで、食事と仮眠をとって、午後九時に、大阪に帰着したことになっています。

彼が寄ったのは、浜松《はままつ》のサービスエリアであります。しかし、帰路の行動はすべて、彼の申告したものであり、東京で、渋谷区本町のマンションに立ち寄ることは、可能だったと思われます。

もちろん、青木は、五月十六日には、東京のどこにも寄らず、大阪に戻ったと証言しています。

なお、青木の血液型はB型であります。

青木が、乗っているトラックは、三菱《みつびし》製の六輪の大型で、側面にS運送の文字が入っています。このトラックの写真は、青木健一郎の顔写真とともに別途、お送りいたしました〉

トラックと青木の写真は、この日の夕方には、送付されてきた。

もう一人、被害者の従兄弟の大学四年生が、札幌《さっぽろ》で下宿生活を送っていたが、この従兄弟の血液型はOとわかったので、容疑の圏外に置かれることになった。

捜査本部は、篠原と青木の二人の捜査に集中することになった。

何よりも、二人のアリバイである。

義兄の篠原勇が犯人だとしたら、五月十六日の午後二時から三時の間、被害者のマンションの近くに、中央自動車のカリブが駐《と》まっていたはずである。

叔父の青木健一郎が犯人なら、同じく、彼の運転する、六輪の大型トラックが、駐まっている可能性がある。

どちらの車の写真も入手した。プレートナンバーもわかる。

この二枚の写真が何枚もコピーされ、刑事たちは、写真を手に、聞き込みに走り回った。

マンションの前は、甲州《こうしゅう》街道の裏通りになる水道《すいどう》道路と呼ばれる道路で、道路幅は、六メートルほどで、甲州街道に比《くら》べると、車の通行は少ないが、それだけに、六輪の大型トラックが、長い時間、駐まっていれば目立つだろう。

この通りには、相互銀行もあり、小学校もある。

中央自動車のカリブは、タクシーにもよく使われている車であり、六輪の大型トラックほどでないにしても、マンションの近くに、長時間駐まっていれば、気づいた人間はいるだろう。

十津川は、そう考えた。

この聞き込みは、七人の刑事によって、二日間、おこなわれた。が、二台の自動車を見たという証言は、得られなかった。

同じ通りにある日本そばの店とラーメン店では、午後二時から三時の間に、店員が出前に出ていて、問題のマンションの前も通っていた。

しかし、両店の店員とも、大型トラックやシルバーメタリック（篠原の車の色）のカリブが、マンションの近くに駐まっているのを見た記憶がないと、証言した。

篠原と青木が、マンションから離れた場所に、車を駐めてから、歩いて、エリコを訪ねたことも考えられた。

二人が犯人なら、たぶん、そうしたのだろう。

刑事たちは、聞き込みの範囲を広げていった。

水道道路は、甲州街道と平行に走っていて、二つの道路を幅四メートルの細い道路がつないでいた。

このタテの道路は、ほとんど商店街になっているので、車は駐められない。

もし、車を駐めたとすれば、水道道路のどこかでなければならないと思われた。

この道路は、全長で、二キロほど。新宿からスタートして、代田橋《だいたばし》で終わっている。

刑事たちは、この二キロの全域にわたって、聞き込みをおこなった。

六輪の大型トラックの目撃者は、やはりみつからなかった。

それに比べて、シルバーメタリックのカリブのほうは、見たという人間が、何人かみつかった。

しかし、その一人一人に、車の写真を見せ、くわしくきいていくと、彼らの証言は、あいまいになっていった。

シルバーメタリックのカリブを、目撃したというのは事実なのだ。何万台も走っている車なのだから、当然だといえる。ただ、それが篠原の車かどうかとなると、あいまいになってしまう。目撃者は、せいぜい東京ナンバーだったことぐらいしか見ていないのである。

ただ、目撃者がみつからないということが、そのまま、二人の無実を証明することにはならなかった。

二人が、車をもっと遠くに駐め、タクシーでエリコを訪ねたことも、考えられるからだった。

聞き込みと並行して、被害者の部屋の指紋の検出も、おこなわれた。

もし、篠原なり青木なりの指紋が、被害者の部屋から検出されれば、それだけで、容疑は濃くなってくる。なぜなら、二人とも、彼女のマンションを訪ねたことは一度もないと、主張していたからである。

部屋からは被害者のもの以外に、七種類の指紋が検出された。

篠原と青木の指紋がとられ、それが、七つの指紋と照合された。

その結果、青木の指紋は、七種類のなかにはなかったが、篠原のものは合致《がっち》した。

義兄の篠原の容疑が、がぜん濃くなってきた。

十津川は、急遽、篠原を呼び出して、この事実を突きつけた。

「あなたは、エリコさんのマンションには、一度もいったことがないといわれたが、あなたの指紋が、彼女の部屋から検出されたことを、どう弁明しますか？」

「その点ですが、よく考えたら、家内と一緒に、二、三度、訪ねたことがあるんです。それを思い出しました」

と、篠原はいった。

十津川は、眉《まゆ》をひそめて、

「二度も、三度も訪ねているのに、一度もないといったのは、おかしいじゃありませんか」

「刑事さんが、ひとりで、訪ねたことがないかときいたので、一度もないと返事をしたんです。家内と一緒なら、二、三度、いっているんです。だから、家内の指紋もあるはずですよ」

と、篠原は、いった。

たしかに、エリコの姉の指紋も検出された。実姉なのだから当たり前だろう。

篠原の容疑は、消えなかった。

「彼のことを、徹底的に調べることにする」

と、十津川は亀井たちに明言した。

その翌日、第二の事件が起きた。

3

渋谷区西原《にしはら》のニュースカイマンション有田《ありた》の606号室で、独《ひと》り暮らしの若い女性が、乱暴され、絞殺されたのである。

知らせを受けて、現場に急行した十津川は、五月十六日の第一の事件と同じ光景を眼にした。

1DKの部屋のベッドの上に、パジャマ姿の二十一歳の女が、うつぶせに倒れて死んでいたのである。

バスローブとパジャマの違いはあっても、十津川には、まったく同じ事件に見えた。

「被害者は？」

と、十津川は先にきていた若い警官にきいた。

「名前は、石川《いしかわ》ひろみ。新宿にあるK病院の看護婦です。夜勤明けで、彼女は今日は、ゆっくり寝ていたんだと思います」

と、警官は緊張した声で話した。

十津川は、腕時計に眼をやった。午後七時四十五分。

殺されたのは、たぶん、五、六時間前だろう。

発見者は、高校時代の友人で、現在、商事会社のOLをしている同じ二十一歳の井《い》上《の》冬子《うえふゆこ》だった。

冬子は、蒼《あお》い顔で、十津川の質問に、答えた。

「今日の一時ごろに、会社にひろみから電話があったんです。ゆっくり寝て、今、起きたところだって。それで新宿で一緒に遊ぶ約束をして、午後六時に、新宿駅の六階の喫茶店Pで落ち合うことにしました」

「だが、こなかった？」

「ええ。電話をしても返事がないので、きてみたら、こんなことになっていて――」

「ドアは、開いていましたか？」

と、十津川はきいた。

第一の事件でも、ドアは開いたままになっていたからである。

「ええ。開いていたので、部屋に入ったら――」

「一時に、彼女は電話してきたんですね？」

「ええ」

「そのとき、彼女の様子に、おかしなところはありませんでしたか？」

と、十津川はきいた。

「いつものとおりで、別におかしいところはありませんでした」

と、冬子はいった。

「あなたが、ここに着いたのは、何時ごろですか？」

と、亀井がきいた。

「七時五、六分になっていたと思いますわ」

と、冬子はいった。

死体は、司法解剖に回された。

その結果は、奇妙なほど、第一の事件の結果と似ていた。

死因は、絞殺による窒息死。死亡推定時刻は五月二十二日の午後二時から三時の間。暴行した男の血液型はBだった。

　この日の捜査会議では、当然、二つの事件の類似性が討議された。

「八十パーセントの確率で、この二つは、同一犯だと思われます」

　と、十津川はいった。

「あとの二十パーセントは？」

　と、三上本部長がきいた。

「第二の事件の犯人は別人で、第一の事件を真似《まね》たという可能性もあります」

「真似た犯人か」

「私はあくまでも可能性をいってるわけで、同一犯と考えるのが、正解と思っています」

　と、十津川はいった。

「篠原勇との関係は、どう思う？　第二の事件でも彼は容疑者かね？」

　と、三上がきいた。

「その線で、捜査を進めるつもりでおります」

　と、十津川はいった。

　篠原が犯人だとすると、どういうことなのか？

「第一の事件のときに、篠原は義妹と知っていて、彼女のマンションに入り、暴行し、殺した。たぶん、その味が忘れられず、今度、独り暮らしの若い女を狙《ねら》って、第二の事件を起こしたことになりますね」

と、亀井がいった。

「そうだとすると、疑問が一つ出てくるね。第一の事件では、被害者の片貝エリコは、相手が義兄なので、バスローブ姿で部屋に入れた。しかし、今回は事情が違う。被害者の石川ひろみと篠原との間には、接点があるとは思えない。顔見知りじゃないとすると、そんな見ず知らずの男を、パジャマ姿で部屋に入れるだろうか？」

と、十津川は首をかしげた。

「篠原は、車のセールスマンです。車のセールスにきたといったら、若い女は、興味を感じて、ドアを開けませんかね？」

と、これも若い西本刑事がいう。

「パジャマ姿でかね？」

と、十津川が、きく。

「そこが、たしかに引っかかりますが」

「被害者は、K病院の看護婦です。篠原は、前にK病院に入院したことがあって、顔見知りだったということは、考えられませんか？」

と、日下《くさか》刑事がいった。

「その点も調べてみよう」

と、十津川はいった。

二人の刑事が、中央自動車の高円寺支店へいき、支店長に会って、篠原の病歴をきいた。

他の二人の刑事が、K病院にいき、篠原勇という患者が、入院したことがないかをきいた。

どちらの答えも、ノーだった。

しかし、これだけでは、十津川たちは篠原を、容疑者から外《はず》せなかった。

三十八歳の自動車セールスマンと、二十一歳の看護婦では、一見、接点はないようにみえる。しかし、今の時代、いつ、どんなところで、二人が知り合っているかもしれないのである。

十津川は、その点を追及した。

篠原は、十津川の質問に対して、石川ひろみという看護婦は知らないといい、彼女のマンションにいったこともないと主張した。

また、ひろみの部屋から、篠原の指紋は検出されなかった。

だが、二度目は、用心深く、指紋を拭《ふ》き取ったことも、考えられた。

もちろん、石川ひろみの男関係も調べた。

第一の事件を真似た犯行の可能性も、あったからである。

ひろみと関係のある男が、第一の事件を知り、同じ行動をとれば、疑いは、第一の事件の犯人に向けられると読んでの犯行かもしれなかったからだ。

白衣の天使という言葉からは、考えられないほど、石川ひろみの男関係は激しいものだった。

まず、同じK病院の医者と関係があった。

高校時代の先輩で、現在、フリーターの男とも、関係があることがわかった。

他に、六本木のスナックで知り合った青年。K病院の入院患者で、タレントの西崎《にしざき》浩《ひろし》。

「イメージが、狂いました」

と、亀井が苦笑した。

「若いんだから、このくらいは、当たり前じゃありませんか」

と、いったのは、西本だった。

十津川は、この男たちの一人一人を洗っていった。

そのなかで、特にタレントの西崎に注目した。三十五歳の彼は、第一の事件の被害者片貝エリコが働いていた新宿のクラブに、何度か飲みにいっていたからである。エリコとも、顔見知りの可能性があるのだ。

篠原と石川ひろみの接点は、いっこうに見つからなかったが、彼女が運転免許証を持ち、車を欲《ほ》しがっていたことだけはわかった。そのことが、二人の接点といえば、いえないことはなかった。

西崎浩のアリバイ調べのほうが、進展が早かった。

第一の事件の五月十六日の午後二時から三時のアリバイについて、西崎は、その時刻、二時間ドラマのロケで、金沢《かなざわ》へいっていたと主張した。

そのドラマの監督や、プロデューサーに会って確かめたところ、間違いなく、五月十六日には、金沢にいっていて、午後は一時から四時まで、市内や郊外のロケに参加していることがわかった。

しかし、五月二十二日の事件についてのアリバイは、あいまいなものだった。

この日、西崎は、一カ月ぶりの休みをとり、一日中、成城《せいじょう》の自宅マンションで寝ていたと、主張したからである。

西崎は、独り暮らしだから、証人はいない。

「彼は、ポルシェを持っています。この日、ゆっくり昼ごろに起きて、ポルシェに乗って、ドライブに出かけた。渋谷区西原近くまで走ってきて、この近くに、顔見知りの石川ひろみが住んでいるのを思い出して、訪ねてみる気になったということは、充分に考えられます」

と、西本がいった。

「それで？」

と、十津川が先を促《うなが》した。

「西崎は、てっきり、相手が大喜びするだろうと思ったのに、部屋には入れてくれたが、石川ひろみの態度は、冷たかった。自尊心を傷つけられた西崎は、力ずくで彼女を犯し、騒がれたので、首を絞めて殺してしまった。そのあとで、第一の事件のことを思い出し、このまま上手《うま》く逃げれば、石川ひろみ殺しも、第一の事件の犯人の仕業《しわざ》と、思われるだろうと考えた。こんなところじゃありませんか」

と、西本はいった。

「君は、第一と第二の犯人は、違うと考えるんだな？」

「そうです。第一の事件の犯人は、篠原勇で、今回の犯人は西崎浩。こう考えたほうが、納得ができるんじゃないでしょうか」

と、西本はいった。

十津川は、西本の考えにも一理あると思った。

第一と、第二の事件に、共通の犯人を考えるから、納得する答えが、見つからないのかもしれない。

篠原は、第一の事件について、アリバイはないし、被害者とは、親しいから、彼女が部屋に入れたのも納得できる。

しかし、第二の事件については、殺された石川ひろみとの接点がない。

西崎浩は、その逆で、第一の事件については、強固なアリバイがあるが、第二の事件では、アリバイがない。

こうなると、やみくもに同一犯の犯行という線で捜査を進めていくのは、危険というより、壁にぶつかってしまうだろう。

篠原と西崎の二人とも、犯人ではなくなってしまうからである。

同一犯説をとるかぎり、二人とも容疑者の圏外に逃げてしまうだろう。ということは、今の時点で、容疑者が一人もいなくなってしまうのだ。

「本当に、容疑者が、ゼロになってしまうのかね？」

と、三上本部長がきいた。

「残念ながら、一人もいなくなります」

と、十津川は正直にいった。

「そうなると、捜査はやり直しか？」

「そうです。初めからやり直しです」

「見こみはあるのか？」

「二つの事件とも、犯人は、被害者と顔見知りの線で、捜査を続けてきました。その結果、第一の事件では、被害者の義兄・篠原勇が浮かびあがり、第二の事件では、タレントの西崎の名前が出てきました。他に容疑者は浮かんでいません。もし、この二人が、圏外に出てしまうと、顔見知りの線は、捨てる必要が出てきます。なぜなら、顔見知りということで、捜査していけば、また、篠原と西崎の二人にいきついてしまいますから」

と、十津川はいった。

「しかし、十津川君。君は、二つの事件とも、顔見知りの犯行という線で、捜査してきたんだろう？」

と、三上は不機嫌な表情になってきく。

「そのとおりです。若い女が、バスローブやパジャマという格好で、見ず知らずの男を、部屋に入れるとは、思えませんから」

「私だって、同感だ。常識だろう。その常識を捨てるというのかね？　それで、成算があるのか？」

「わかりません。それで、しばらく考えてみたいと思っているのです」

と、十津川はいった。

「それは、外部に洩《も》れないようにしておく必要があるぞ」

「何でですか？」

「事件の捜査を指揮している警部が、自分の捜査に自信を失《な》くしているなどと外部に知られたら、警察への信頼は、地に落ちてしまうじゃないか」

と、三上は渋面《じゆうめん》を作った。

4

十津川は、亀井と二人だけで、明治神宮《めいじじんぐう》の森のなかを、歩いた。

ひんやりした森の冷気が身体《からだ》を包む。ものを考えるには、最上の場所かもしれな

「警部は、第一の事件については、容疑者は篠原勇、第二の事件は、西崎浩ということに反対なんですか？」

と、歩きながら亀井がきく。

「反対じゃないし、ここまでの捜査では、容疑者は、この二人しか浮かんできていないからね」

十津川は、珍しく歯切れの悪い口調だった。

「だが、賛成もできない？」

「同一犯ではないかという思いが、頭のどこかにあるんでね」

と、十津川はいった。

「同一犯とすると、どういうことになりますか？　犯人は、違ってきますか？」

と、亀井がきく。

「それもあるが、私が、心配しているのは、このままだと、第三の事件が起きるんじゃないかということなんだよ」

と、十津川はいった。

「起きますか？」

「われわれが、篠原勇と西崎浩を逮捕した場合、犯人が、別にいれば、ということは、第一、第二とも同一犯という場合だが、その男は安心して、第三の殺人に走る恐れがあると思っているんだよ」

「安心して――ですか？」

「あるいは、この事件の犯人は、病気かもしれない。それが怖《こわ》い」

「習慣性のある犯行ということですか？」

と、亀井が声を落としてきいた。

「二件とも、犯人は暴行し、そのあと絞殺している。そして、平日の午後、それも午後二時から三時の間に侵入し、犯行を遂《と》げている。別人なら真似たということで、むしろ安心なんだが、同一犯なら、偏執《へんしつ》的なところが感じられてね。また、同じことをやる恐れがあると思っているんだよ」

と、十津川はいった。

「同一犯となると、問題点がいくつか出てきますが」

と、亀井がいう。

「わかっている」

「篠原と西崎は、被害者と顔見知りということで、浮かびあがってきた容疑者ですし、顔見知りの線では、二人以外に、いなかったわけです。他の人間は、アリバイが成立しましたから」

と、亀井が、これまでの捜査を、なぞるようにいった。

「そうだ」

と、十津川がうなずく。彼も、頭のなかで、これまでの捜査を反芻《はんすう》しているにちがいなかった。

「同一犯ということになると、当然、顔見知り説は、変更しなければならなくなりますから、難しい問題が起きてきますが――」

「わかっている。顔見知りでもない男を、なぜ、被害者が、部屋に入れたかだろう？しかも、バスローブやパジャマ姿で」

十津川は、難しい顔で、自分にいいきかせるようにいった。

「そうです。その問題を、どうクリアするかですが」

「もし、犯人が、簡単に彼女たちの部屋に入れたのだとしたら、今もいったように、犯人はまた犯行に走るはずだ」

と、十津川はいった。

「第三の事件が起きるとしたら、それは、いつになるとお考えですか？」

「第一の事件は、五月十六日、第二の事件は、五月二十二日だ。その間、五日間しかない」

「また、六日後ですか？」

「少なくとも、一週間以内に起きることを覚悟しなきゃいけないと思っている。それを防がないと――」

「若い女性の間に、パニックが広がる心配がありますね」

「それに、真似する人間が、出てくるよ」

と、十津川はいった。

5

十津川の不安は、現実のものになった。

第二の事件から六日目の五月二十八日である。

新宿区西新宿にある「グリーンハウス角筈《つのはず》」の最上階の703号室で、若い女が、殺されたのだ。

被害者は、第一の事件の片貝エリコと同じホステスである。

十津川は、今回も「なぜなんだ？」という顔で、床に倒れている死体を見下ろした。

（なぜ、犯人に対して、ドアを開けたのか？）

「被害者の名前は、水谷寿子《みずたにとしこ》。三十歳。池袋《いけぶくろ》のクラブのホステスで、店での名前はミカです」

新宿署の警官が、メモを見ながら説明する。

「発見者は？」

と、亀井がきいている。

十津川は、相変わらず黙って死体を見下ろし、

（なぜなんだ？）

と、同じことを自問していた。

「発見者は、近くのマンションに住む、同僚のホステスです。彼女は同じ店で働いているんですが、いつも午後四時ごろ、同じ美容院を予約しているそうです。彼女が、その時間に美容院へいったのに、いつまでたっても被害者が現れない。それで、美容院の帰りに寄って、殺されているのを見つけたわけです」

と、警官が亀井に説明している。

「その人を、呼んでくれ」

と、亀井がいった。

十津川も、やっと、死体から視線を外し、発見者を迎えた。

小柄な三十二、三歳の女だった。

彼女は、部屋に入ってくると、ガウン姿で死んでいる同僚に眼をやって、改めて涙ぐんだ。

「キッチンに、食事の仕度《したく》がしてありましたが、彼女は、いつも、何時ごろに食事をするんですか？」

と、十津川はきいた。

「みんなそうでしょうけど、わたしたちは、昼ごろまで寝ています。それで起きて、簡単な食事をして、食事の時間は、わたしは、いつも一時ごろ。彼女もそうじゃないのかしら？　彼女、ワインが好きで、ゆっくり食事するみたいだから、もっと遅いかな」

「一時から、二時の間ぐらいですか？」

「ええ。だと思いますわ」

と、相手はいった。

本来なら、ここで、被害者の男関係を、きくところだが、十津川はわざと、きかなかった。

第三の事件が起きたときから、十津川は、顔見知り犯人説を捨ててしまっていたのである。

十津川は、第二の事件のあと、念のために、篠原勇と西崎浩の二人に、若い刑事の尾行をつけていた。

第三の事件が起きたときに、この二人にアリバイがあるかどうかを、知るためだった。

第三の被害者、水谷寿子の死体が、司法解剖に回され、死亡推定時刻が、五月二十八日の午後二時から三時とわかったとき、十津川は、篠原と西崎を尾行していた刑事たちから、二人の行動について、きいた。

二人の五月二十八日の行動は、次のとおりだった。

篠原勇は、いつものとおり、午前九時に高円寺支店に出勤。十時から中央自動車のカリブに乗って、セールスに出る。

午前中、前にカリブを買ってくれた商店主に、挨拶《あいさつ》に回り、新しいモデルについて、カタログを渡し、世間話をする。しかし、新車を購入する約束はもらえなかった。

昼にいったん支店に戻り、上司に報告をすませてから、昼食をとり、再びセールスに出発する。

午後二時十分。前々から手応《てごた》えのあった喫茶店の主人が、携帯電話で契約するといってきたので、喜び勇んで会いにいく。

契約をすませたのが午後三時過ぎ。ここでコーヒーとケーキをご馳走《ちそう》になって、支店に帰る。午後四時三十分。

上司に一台売れたことを報告し、壁にかかった成績表に記入をすませて、帰宅した。

西崎浩は、この日、連ドラの収録が午前二時までかかったので、昼近くまで寝ていた。

午前十一時。マネージャーが起こしにきて、眠たげな顔でSテレビに向かう。着くとすぐ「タレントＴｏｄａｙ」の録画。一時間で終わり、すぐさま、車で神宮球場に向かい、ここで、若手タレント対女子野球選抜軍との試合に、二番ショートでプレイ。

残念ながら、12―2で大敗。ゲームが終了したのは午後四時三十分。

一休みしたあと、Nテレビにいき、クイズ番組の収録。帰宅は、午後十一時過ぎだった。

この報告は、二十八日夜の捜査会議で、披露《ひろう》された。

篠原も西崎も、第三の事件については、アリバイが成立し、犯人ではないということだった。しかも、このアリバイは、尾行していた刑事によって、確認されたのである。

三上本部長は、憮然《ぶぜん》とした顔で、その報告をきいたあと、十津川に向かって、

「これで、君は、同一犯説を固めたわけかね？」

と、きいた。

「同じような事件が、二つだけなら、別々の犯人ということも、考えられますが、三つも続きますと、別々の犯人ということは、考えにくくなります」

と、十津川はいった。

「今回、殺された水谷寿子について、彼女の男関係は、まったく、調べなかったそうだね？」

「調べません」

「なぜだね？　前の二件では、関係のあった男について、詳《くわ》しく調べたんじゃないの

か?」

と、三上はきく。

「二人の被害者が、深くつき合っていた男なら、充分に考えられます。現に、タレントの西崎は、ホステスの片貝エリコとも、看護婦の石川ひろみとも、親しかったとわかりました。しかし、三人目の被害者水谷寿子までとなると、話は別です。三人の女と親しくて、殺す動機を持つ男というのは、ちょっと考えにくいのですよ。タレントの西崎にしても、水谷寿子の働いていた池袋のクラブには、いったことがないそうです」

と、十津川はいった。

「しかしねえ。十津川君」

と、三上本部長は難しい顔で、

「明日の記者会見で、どう説明したらいいのかね? 二週間の間に、独り暮らしの女が、三人も暴行のうえ、殺されているんだ。一刻も早く、犯人を逮捕しなきゃならん。そんなときに、犯人は、顔見知りじゃない。どこの誰ともわからない男が、犯人だというのかね? それは、犯人は、まったく見当もつかないと、白状するのと同じじゃないかね?」

「そのとおりだから、しかたがありません。篠原と西崎が、圏外になった今、容疑者はゼロですから」

「それを、そのまま、正直に記者たちに話せというのかね？　まるで、警察の無能を告白するようなものだよ」

「わからないのと、無能とは違います」

「いや、新聞記者や一般市民にとっては、同じことさ。犯人の見当は、ときかれて、わかりませんといえば、相手は警察は無能と思うに決まっている」

　と、三上はいった。

「私たちは、まったく何もわからないわけじゃありません」

　と、十津川はいった。

「じゃあ、犯人について、何がわかっているのか話してほしいね。記者たちも、知りたがるだろうからね」

「まず、今回の事件は、顔見知りではないということがわかっています」

　と、十津川はいった。

「他には？」

「地図を見てください」

十津川は、現場周辺の地図を広げて、黒板に、鋲《びょう》で留《と》めた。

「三件の事件の現場です。第一の現場は、渋谷区本町のマンションで起きています。京王《けいおう》線の幡ヶ谷駅から、歩いて十五、六分です。第二の事件は、渋谷区西原のマンションです。甲州街道をはさんで、第一の現場とは、反対側ですが、幡ヶ谷駅からは、やはり、歩いて十五、六分の距離です。第三の事件は、新宿区西新宿のマンションです。区は違っていますが、地図で見れば、近いことがわかります。つまり、三つの殺人現場は、歩いて三十分もあればいけるわけです。車を使えば五、六分でしょう」

と、十津川はいった。

「だから、どうなんだね？」

三上は、眉をひそめてきいた。

「犯人は、この三つの地点を結ぶ枠《わく》のなかに住んでいる可能性があると思っています。なかでなくても、近くにはいると思っているんです。犯人は、この三地点に、平日の午後二時から三時の間に、いけたわけですから」

と、十津川はいった。

「大事な問題を、君は避けているような気がするんだがね」

三上は、意地の悪い眼つきになって、十津川を見た。

「何のことですか?」

と、十津川はとぼけて、きいた。

「犯人が、被害者と顔見知りかどうか、ということだよ。今回の事件では、その点が最大の問題点じゃないのかね?」

「そのとおりです」

「君は、第一、第二の事件については、顔見知りの線を追いかけて、篠原勇と西崎浩という二人の容疑者を見つけ出した。ところが、第三の事件が起きたとたんに、君は顔見知りの線を捨ててしまった」

「捨てました。三人もの女と顔見知りの男というのは、考えにくいからです」

と、十津川はいった。

「そうなると、当然、起きてくる問題があるだろう?」

「あります。被害者が、バスローブ、パジャマ、ガウン姿という格好で、なぜ知らない男を部屋に入れたかという問題です」

「その肝心《かんじん》の問題を、どうクリアするつもりだね?　明日の記者会見では、その問題が真っ先に、答えを求められるはずだ。君には、当然、その問題に対する答えが、できていると思うがね」

と、三上はいった。

「いくつかの答えを持っていますが、問題は、そのどれが、今回の事件で正しいかがわかっていないことです」

と、十津川は正直にいった。

「いくとおりもの答えがあるというわけかね？」

「そうです」

「正しい答えが見つかるのに、時間がかかるのかね？」

と、三上は眉を寄せてきいた。

すでに、三人もの人間が殺されているというのに、そんなあいまいな答えでいいのかという、怒りと焦燥《しょうそう》が含まれている感じだった。

捜査の責任者としては、当然、そうした焦燥はあるだろうし、あって当然なのだ。

それに対して、十津川は、黒板に留めた地図を見やってから、

「事件の犯人は、被害者と顔見知りという線は、捨てました。したがって、純粋に考えれば、どの男性も容疑者になりうるわけです。渋谷、新宿の、この地図の区域に限っても、何千、何万の容疑者がいるわけで、当然、それを絞っていくのに、時間が必要です」

と、いった。

「何千、何万？」

三上が、大きな声を出した。

十津川は、微笑して、

「若い女が、しかも寝間着《ねまき》のとき、部屋に通す男となれば、誰でもというわけにはいきません。当然、限定されますから、何千、何万にはなりません」

「それをきいて、安心したよ。どう限定して、捜査を進めていくつもりかね？」

と、三上がきく。

「まず、この地図に入っている宅配業者を調べるつもりです。ここには、二つの宅配業者が、競合しています。一つは、日本配送、もう一つは関東宅配です。どちらも、名前が通っているし、配達員は、制服を着ています。彼らが、荷物を届けにいった場合、女は、安心してドアを開けるんじゃないでしょうか？　特に、殺された三人は、ホステスと看護婦です。ホステスは、客の誰かがプレゼントを贈ってきたと思い、看護婦は、入院していた患者が、退院したあと、お礼に何かを贈ってきたと思うでしょう。荷物は、シャネルのハンドバッグですというようないい方をすれば、相手は喜んで、ドアを開けると思います」

と、十津川はいった。

「でも、今の女性は、用心深く、ドアのチェーンをかけたまま、応対するかもしれませんわ」

と、いったのは、北条早苗《ほうじょうさなえ》刑事だった。

「その場合に備《そな》えて、犯人は、大きめの荷物を、持っていけばいいんだ。それなら、荷物が入らないので、チェーンを外すだろう」

と、十津川はいった。

「宅配業者の他にも、捜査の対象になる相手はいるかね？」

三上が、きいた。

「たくさんいます。郵便配達も似ていますし、ガス会社の人間なら、もっとドアを開けやすいと、思います。今、このマンションでガス洩れ事故があり、住人の一人が、救急車で運ばれたので、この部屋も調べたいといえば、あわててドアを開けるはずです」

と、十津川はいった。

「わかった。ただ、今、君がいった職業は、すべて、信用第一の仕事だ。もし、警察が連続暴行殺人の容疑で調べているとなったら、信用に傷がつく。弁護士を立てて、告訴してくることも覚悟して、捜査したまえ」

と、三上は、いった。

6

日本配送も関東宅配も、西新宿に城西《じようさい》支部を持ち、新宿、渋谷は、その配送エリアに入っている。

日本配送の城西支部は、五十台のトラックを持ち、関東宅配は、それよりも、やや少ない三十九台のトラックを持っていた。

十津川は、亀井たち刑事をこの二つの城西支部にいかせ、五月十六日、二十二日、二十八日の全部のトラックの運行記録と、運転していた配達員の勤務記録を提出させた。

十津川は、この作業を内密におこなわせ、目的も、二つの会社には「交通事故があったので、そのための捜査」と伝えておいた。

すでに、独り暮らしの女が三人も、午後二時から三時の間に、続けて自宅マンションで、暴行のうえ、殺されている。

マスコミは、それを「午後の悪魔」として、連日報道していたからである。

しかも、警察は、第一、第二の事件まで、犯人逮捕は間近のようにいっておきながら、第三の事件のあとは、前言をひるがえした形になってしまっている。

記者会見では、三上が、新しい捜査方針を決めたといい、それが「顔見知り犯人説」を、捨てたとしか説明しなかった。

当然、警察がどこに眼をつけているかを、新聞も、テレビも、必死になって知ろうとしていた。

こんなとき、十津川たちが、日本配送と関東宅配に眼をつけ、その配達員を調べていることがわかったら、マスコミはそれを大々的に報じるだろう。

下手《へた》をすれば、宅配で荷物を持っていっても、独り暮らしの女は、受け取りを拒否するようになるかもしれない。

だから、十津川は、内密にと、部下の刑事たちに、厳命したのである。

それでも、新聞記者たちのなかには、十津川たちの動きを嗅《か》ぎつけ、警察は、今度は、宅配に眼をつけているのではないかと、質問してくる者もいた。

十津川は、とぼけて「犯人の心当たりは、まったくない」といい続けた。

すると、今度は、記者たちは、都内の宅配業者に当たって、噂《うわさ》の真偽《しんぎ》を確かめようとした。

それに、宅配業者の顧問弁護士が、敏感に反応して、捜査本部に顔を出し、

「理由もなく、警察が宅配業界に疑惑の眼を向けると、仕事がしにくくなり、甚大な損失を受けるおそれがある。慎重にしてほしい」という要望書を持ってきた。

十津川たちは、その対応は三上本部長に委《まか》せ、黙々《もくもく》と捜査を進めた。

五月十六日、二十二日、二十八日の午後の配達員を、提出された名簿から抜き出していく。さらに、そのなかから血液型B型の人間を選ぶ。

第一の事件の「ヴィラ幡ヶ谷」、第二の事件の「ニュースカイマンション有田」、そして、第三の事件の「グリーンハウス角筈」の三つともに、配達したという記録はない。

当然だろう。犯人は、その近くに配達にいき、問題のマンションの独り暮らしの女性を狙ったと思われるのだから。

問題の三日間の、それも午後、新宿、渋谷方面の配達に出かけている男は、日本配送で五人、関東宅配が二人だった。そのなかから、血液型Bの男を抜き出す。その結果、次の三人が残った。

桜井《さくらい》　努《つとむ》（二十五歳）　日本配送
原田清宏《はらだきよひろ》（三十歳）　〃
松川《まつかわ》　豊《ゆたか》（三十八歳）　関東宅配

日本配送の二人は、独身。関東宅配の松川は、結婚している。

三人の写真と、乗っているトラックの写真も入手した。

日本配送は、白色のユニホームで、帽子も着用している。関東宅配は、鮮《あざ》やかなブルーで、帽子はない。どちらも、胸に会社のマークのワッペンをつけていた。

「お客さまに、身分証明書の提示を求められたら、すぐお見せできるようにしています」

と、どちらの広報も話しているし、定期入れに入った身分証明書は、常時携帯が義務づけられていた。

しかし、これは、ほとんど意味がないだろうと、十津川は思った。

一般の人たちは、宅配業者の身分証明書がどんなものか知らないし、今回の事件では、その会社の人間が、疑われているからである。

三人の写真と、使っている車の写真が、黒板に貼り出された。

「日本人は、制服に弱いですからね」

と、亀井がいう。

「それに、使っているトラックには、日本配送と関東宅配の名前が入っている。どちらも、派手なツートンカラーで、やたらに目立つが、今では、毎日のように見かけるからね。マンションの近くに駐まっていても、誰も不審に思わないよ」

と、十津川はいまいましげにいった。

「この三人のうち、桜井は入社一年三カ月、あとの二人は三年目になっています。三人とも、自分からは事故を起こしていませんが、原田は、交差点で追突され、ムチウチで、一カ月休んだことがあります」

と、亀井が報告した。

「女性と問題を起こしたことは？」

と、十津川がきく。

「いちばん若い桜井は、今年の正月に友人とバーで飲んでいて、ホステスを殴《なぐ》り、警察に一日留置されたことがあります」

答えたのは、亀井と聞き込みに回っていた日下刑事だった。

「他の二人は？」

「問題は、起こしていません。少なくとも、警察に連れていかれたことはありません。松川は、新婚二カ月ですし、原田は、誰もが、性格が温和で、問題を起こす人間ではないといっています」

「そういう男のほうが、危ないというケースもある」

と、亀井がいった。

「三人に、会ってみたいな」

と、十津川はいった。じかに、自分の眼で、見てみたかったのである。

「任意で、きてもらいましょう」

「充分に注意してくれよ。週刊誌が狙っていて、容疑者じゃないのに容疑者と書かれては、気の毒だ」

と、十津川はいった。

日時は限定せず、いつでもいいから、なるべく早く出頭してほしい。また、捜査本部がある渋谷署にくるとき、正面玄関から入らず、中庭に直接、車を乗り入れて構わないといっておいた。

三人は、自分の車を持っていて、十津川の指示どおり、中庭に乗りつけて、捜査本部に入ってきた。

十津川たちも、注意して、容疑者扱いはせず、彼らの、この事件に対する考えをきくだけにとどめた。

そうした話のなかから、十津川は、彼らの心理を探ろうとしたのだ。

話の途中、十津川は、三人に、殺された片貝エリコ、石川ひろみ、水谷寿子ら三人の写真を見せ、その反応も見た。

この任意による事情聴取について、捜査本部は、記者会見でも沈黙を守った。

マスコミがどう報道するか予測がつかず、三人を傷つけてしまうのを、恐れたからだった。

今回の事件の犯人が、悪魔呼ばわりされ、その容疑を持たれたというだけでも、どんな目にあわされるかわからなかった。

十津川は、三人の事情聴取のあと、手応えよりも、秘密が守れたことに、ほっとしていた。

ところが、三日後に出た『週刊日本』を見て、十津川は、啞然《あぜん》としてしまった。

7

まず、表紙だった。

表紙に、太い字で、

〈警察がマークする「午後の悪魔」の容疑者は、この男たちだ！〉

と、刷《す》りこまれている。

記事の内容は、次のように綴《つづ》られていた。

〈渋谷警察署に置かれた捜査本部は、記者会見で「午後の悪魔」事件について、捜査中であると繰り返すばかりだが、実は、三人の容疑者に的《まと》を絞っていることが、本誌の調査でわかった。

かねがね、警察は、犯人は宅配会社の配達員ではないかと疑っていたが、捜査の結果、都内に城西支部を持つN配送とK宅配の二社をマーク。さらに、N配送の二人の配達員と、K宅配の一人を容疑者と考えていることがわかった。

N配送の二人は、二十五歳と、三十歳の男で、独身である。

K宅配の一人は、二十八歳。こちらは新婚の男である。

三人とも、それぞれの会社のユニホームを着て、今日も、トラックで荷物を配達している。胸には、誇らしげな会社のマークが入っている。

しかし、考えてみれば、恐ろしいことではないか。安心して、ドアを開けたとたん、プレゼントの代わりに、暴行と死を部屋のなかに持ちこんでくるのだ。若い、あなたの部屋にである。

あなたは、はたして、安心して、ドアを開けられるか？

警察は、まだ、この三人のなかの誰が犯人かは断定していないが、任意同行を求め、五時間にわたって、事情聴取をしたところをみれば、容疑は、かたまったとみていいだろう。

警察は、彼らをマークしていることについて、かたくなに否定している。

その警察に代わって、本誌が調べた、この三人のプロフィールを書いておこう。

N配送の一人、仮にAとしておこう。二十五歳の彼は、身長百七十五センチ。体重六十キロで、高校時代はサッカーをやっていた。彼は、今年の正月に、バーのホステスを殴って、警察に厄介《やっかい》になったことがある。色白で、タレントのN・Kに似ているといわれる。N・Kに似た配達員がきたら、ご注意を。

N配送のもう一人、Bは、三十歳だが、百六十センチと小柄で、五、六歳は、若く見える。漫才コンビのW・Wの小さいほうに、感じが似ている。

K宅配のCは、三人のなかでは、唯一《ゆいいつ》の妻帯者で、新婚だが、夫婦仲はよくないといわれている。

Cは、一年間、自衛隊K駐屯地《ちゆうとんち》にいたことがあり、そのときもK宅配でも、友人たちは彼のことは、カッパと呼んでいる。たぶん、感じがカッパだったのだろう〉

(どうなってるんだ?)

と、読みながら、十津川は歯がみをした。

これでは、『週刊日本』に、すべてが筒抜けではないか?

三上本部長もこの記事を見て、直《ただ》ちに捜査会議を招集した。

「今、副総監から話があった。日本配送と関東宅配から、弁護士を通して、厳重な抗議があったそうだ。当然だ。私が彼らでも、厳重に抗議する。これでは、仕事ができなくなるといってきたということだ。今日の昼前に、配達にいった両社の配達員が、会社の名前を出したとたんに、水をかけられたというのだ。これが怖いので、三人からの事情聴取は内密におこない、マスコミには、絶対に嗅ぎつけられるなといっておいたのだ。十津川君。なぜ、それが、洩れたんだね？」

と、三上は十津川を睨《にら》むように見すえた。

十津川は、困惑した顔で、

「私にも、見当がつきません。今日、『週刊日本』を見て、驚いているところです」

「しかし、すべて、筒抜けなんだよ。三人の男のプロフィールまで書かれてしまっている。君たちのなかに、つい、うっかり、外部の人間、特にマスコミの人間に話してしまった者がいるんじゃないのかね？」

三上は、刑事たちの顔を見回した。

誰もが、心外だという顔で黙っている。

「このなかには、いないはずです」

と、十津川はいった。

「それは、いないと、信じたいということだろう」

「とにかく、『週刊日本』の編集者に会って、この記事のことをきいてきます」

と、十津川はいった。

「ニュースソースは明かせないといって、断ってくるに、決まっている」

「かもしれませんが、いかせてください」

と、十津川はいった。

十津川は、亀井を連れて、神田《かんだ》にある週刊日本社に向かった。

『週刊日本』は、新聞社や大出版社が出しているものではない。小さな出版社が、出しているものだけに、扱いにくいだろう。

下手をすると、十津川が訪ねたことも、次号のネタにされかねない。

相手方に着くと、十津川は、努めて、おだやかに、井上《いのうえ》という編集者に話しかけた。

「今日のおたくの記事のことですが、どこから耳に入れたのか、教えてもらえませんか?」

「ニュースソースは、申しあげられません」

と、井上は予想したとおりの返事をした。

「しかしねえ。われわれは、まだ、宅配業者を容疑者と決めつけたわけじゃないんだよ」

と、亀井が井上を睨んだ。

「私たちだって、決めつけて、書いてはいませんよ」

と、井上はいう。

「いや、あれでは、三人を容疑者と決めつけているのと同じだ」

「そうですかねえ。警察が、三人をどう扱っているか、そのとおりを書いただけですよ」

「投書ですか？」

と、十津川はきいた。

「え？」

「記事は、誰かからきいた話ですか？　それとも、投書があったんですか？」

「今もいったように、ニュースソースは明かせません」

「あなたのところは、記者は何人ですか？」

「八人ですよ。それが、どうかしましたか？」

と、井上がきき返す。

「そんな少人数で、よく特ダネがつかめましたね。立派なものだ」

「それは、皮肉ですか？　少人数のほうが小回りが利《き》くんですよ」

と、井上はいった。

「ブレーキが、利かないということもある」

と、亀井がいった。

十津川は、雑然とした室内を見回してから、

「いくら、払ったんです？」

「何のことですか？　変なことはしていませんよ。正当な取材で作った記事です」

と、井上はいった。

「君たちの記事で、配達員が迷惑をこうむっても、構わないのかね？」

亀井が、また井上を睨んだ。

井上は、肩をすくめて、

「いけないのは、警察の秘密主義じゃありませんかね」

と、いった。

「カメさん。帰ろう」

と、十津川がいった。

パトカーに戻る。

「投書だよ」

と、十津川が亀井にいった。

「『週刊日本』に、誰かが投書したということですか？」

「あの人数で、特ダネが摑《つか》めるはずがない。密告の投書があったに決まっている」

「しかし、なぜ、あんな小さな雑誌に、投書したんですかね？　もっと大きな週刊誌になら､高く売れたんじゃありませんか？」

と、亀井がきく。

「いや、大きな週刊誌なら、どうしても記事にするとき、慎重になる。間違い記事を作ったら、信用問題になるからね。その点、『週刊日本』は、センセーションだけを狙って、記事を作っている。だから、すぐ記事にすると、犯人は考えて、『週刊日本』にしたんだと思うね」

「しかし、いったい誰が、『週刊日本』に投書したんでしょうか？」

「われわれのなかに、そんな奴はいない。それだけは、はっきりしているよ」

と、十津川はいった。

「しかし――」

「わかってる。『週刊日本』に載《の》った記事は、ほとんど、正確だ」

「ですから、余計、口惜《くや》しいんです」

と、亀井がいったとき、電話が鳴った。助手席にいた十津川が、電話を取る。

「私だ」

と、三上本部長が押し殺したような声を出した。

「何かありましたか？」

「すぐ、帰ってきたまえ。まっ直《す》ぐにだ」

と、三上はいった。

8

捜査本部に戻り、三上本部長に会いにいくと、彼の傍に、五十歳くらいの男が難しい顔で控えていた。

三上が、十津川に向かって、

「日本配送の顧問弁護士の香取《かとり》さんだ」

と、その男を紹介した。

十津川は、香取の顔を見た。

「桜井努君が死にました」

と、香取がいった。

「なぜ、死んだんです？」

十津川は、血の気が引くのを感じながらきいた。

「車の事故です。しかし、自殺に等しいかもしれません」

と、香取がいう。

「くわしく話してください」

「今日、『週刊日本』の記事で、うちの城西支部はパニックになりました。特に、桜井君と原田君の二人は名指し同然に書かれて、動揺が激しいので、会社は二人に、一週間の休暇をとるようにいいました。しかし、若い桜井君は、ここで休んだのでは、記事を認めたと思われてしまう。そういって、配達に助手と一緒に出かけたのです。しかし、気持ちの動揺が、運転を誤らせたんだと思います。笹塚《ささづか》附近でハンドル操作を誤って、コンクリートの電柱に激突し、助手は一カ月の重傷でしたが、運転していた桜井君は、ハンドルで胸部を強打して死にました」

「――――」

十津川は、言葉を失って、沈黙してしまった。

香取弁護士は、言葉を続けた。

「『週刊日本』は、ニュースソースは明かせないといっていますが、警察から洩れたとしか考えられません。とすれば、桜井君の死の原因を作ったのは、あなたがたなのだ。それは、認めますね？」

「われわれから洩れたということは、ありえません。第一、そんなことをすれば、捜査が難しくなるだけです」

三上本部長が、抗議するようにいった。

「はたして、そうですかね」

と、香取弁護士は皮肉な眼つきをした。

「何をいいたいんですか？」

「警察は、うちの二人の配達員と関東宅配の一人を、犯人ではないかとみて、事情聴取をされた。だが、証拠がない。逮捕するだけの自信もない。そこで、『週刊日本』にこのことをリークして、記事にさせ、三人に圧力をかけようとしたと、私は思っています」

「そんなことをして、われわれに何の得があるというんですか？」

三上が、いった。

「そうですかね。現に、無実の桜井君まで、運転を誤って事故死していますよ。あなたがたは週刊誌を利用して、圧力をかければ、犯人なら怖くなって自首するのじゃないか、ヘマをするんじゃないかと。あなたがたの考えは、正しかったかもしれない。桜井君が運転を誤って、死にましたからね。ただ、無実の人間を死なせたんですよ」

と、香取はいう。

「『週刊日本』の件は、私たちとは関係ない。私たちも、抗議したいと思っているのです」

と、三上はいった。

「下手な弁明は、やめようじゃありませんか。桜井君の両親は、息子は、警察に殺されたようなものだと、泣いていますよ」

「誤解は、困りますね」

と、三上はいった。が、声に力がなかった。警察のリークと考えられてもしかたがない状況だったからだろう。

「桜井君の両親が、警察を、加害者として、告訴したいといえば、私は、力を貸すつもりです。弁護士として」

香取は、そういい残して、帰っていった。

三上は、いらいらしたように、口のなかで何か呟《つぶや》いていたが、

「桜井努が、真犯人だということは、考えられないのかね？」

と、十津川にきいた。

「可能性は、あります」

と、十津川はいった。

「それなら、全力をつくして、桜井努が、今回の連続殺人事件の犯人だと、証明したまえ。それに成功すれば、あの弁護士だって、ぐうの音《ね》も出ないはずだ。桜井は、犯人だから、その自責の念から、運転を誤ったことになるからね」

と、三上はいう。

「彼が死んでしまったので、捜査は難しくなりました」

「そんな弱音《よわね》を吐いている場合じゃない。何としてでも、桜井努が、犯人であることを証明するんだ」

「他の二人が、犯人の可能性もあります」

と、十津川はいった。

「それでもいい。あの三人のなかに、犯人がいれば、われわれが、彼らに疑いの眼を向けたことは、正しかったことになるからね」

「とにかく、全力をつくしますが——」

「つくしますが、何だ?」

と、三上はきく。

（三人とも、犯人でないこともありえます）

と、十津川はいいたかったのだが、三上の切羽《せっぱ》つまったような表情を見ていると、それを口にはできなかった。

9

十津川自身も、追いつめられた気持ちになっていた。

「警部は、三人のなかに、犯人がいるとお考えですか？」

と、亀井がきいた。

「いてほしいとは、思っている」

と、十津川はいった。

「ということは、いない可能性もあると？」

「宅配の他に、ガス会社の人間だって、可能性がある。郵便配達にもだ」

「花屋もありますよ」

「花屋？」

「ええ。花屋の店員が、美しい花束を持って、独り暮らしの女の部屋を訪ね、これをあなたにと頼まれましたといえば、女は、花が好きですから、とにかく、受け取っておこうと、ドアの鍵を開けると思いますね」

と、亀井はいった。

「参ったな。いくら時間があっても足りなくなるよ」

と、十津川はいった。

夜になって、大学時代の友人で、中央新聞の社会部にいる田島《たじま》から電話があった。

「『週刊日本』の件は、警察のリークだという噂が流れているが、本当なのか？」

と、田島はきく。

「そんなことをするはずは、ないだろう」

「じゃあ、誰が、何のために、リークしたんだ？」

「そのことで、君に相談したいことがあるんだが」

と、十津川はふとそんなことをいった。

「いいよ。うちへこいよ。家内は、実家へいって、僕一人だ。七時までには、帰っている」

と、田島はいった。

十津川は、七時が過ぎるのを待って、四谷《よつや》三丁目のマンションに、出かけた。

田島は先に帰り、十津川を待っていた。

十津川を見ると、田島は、

「『週刊日本』の次に、うちの新聞に特ダネをくれるつもりかね？」

と、からかうようにきいた。

「やりたいが、もうタネ切れなんだ」

と、十津川は正直にいった。

「それで、僕に頼みというのはどんなことだ？」

田島が、コーヒーを淹《い》れてくれながらきく。

「『週刊日本』の記事だが、投書があったらしい」

と、十津川はいった。

「確認したのか？」

「してないが、向こうの編集者と会って話しているうちに、これは、投書があったんだなという気がしたんだ。誰かに会って、話をきいたというんじゃなくて」

「だが、誰からの投書かは、いわなかったろう？」

「ああ、ニュースソースは、明かせないといわれた。それで、君に頼みたいんだ。向こうも、刑事の私には、何も教えなかったが、同じマスコミということで、君になら、投書の内容を、明かすんじゃないか。わかったら、教えてもらいたいんだ」

と、十津川はいった。

「『週刊日本』か。うちを辞《や》めた男が、向こうで働いているから、何とかなるかもしれないが――」

「頼むよ」

「覚悟は、できているのか？」

「覚悟って？」

「あの記事のことだが、あそこまで知ってるのは、警察内部の人間か、事情聴取された宅配の人間しかいない。宅配のほうは、恥になることだし、営業にひびくから、リークするはずがない。とすれば、考えられるのは、警察内部の人間だけだ。それがわかってもいいのか？」

と、田島はきいた。

「しかたがない」

と、十津川はいった。

「もう一つ。警察内部からのリークとわかったら、僕は、うちの新聞に書くよ。そんな特ダネを手に入れて、それを書かなければ、新聞記者じゃないからね。それも覚悟してくれ。ＯＫなら、その投書のことは調べてみる」

と、田島はいった。

「わかった」

と、十津川はうなずき、淹れてくれたコーヒーには手をつけずに、腰をあげた。

10

捜査本部に戻ると、亀井が、

「三人の指紋を手に入れました」

と、十津川に報告した。

「それで、照合したのか？」

「しました。残念ながら、三つの現場から検出された指紋のなかに、三人のものと一致するものは、ありませんでした」

と、亀井はいった。

「だからといって、三人がシロだとはいえないな」

「そのとおりです。宅配の人間なら、荷物を傷つけないということで、手袋をしていても、不自然じゃありませんから。トラックを運転しているときも、軍手をしている者もいます」

と、亀井は、いった。

「日本配送の原田と、関東宅配の松川は、どうしている？」

「二人とも、会社が、一週間の有給休暇を与えました。原田は、ひとりで、国内旅行にいくといっていますし、松川は、奥さんと二人で、箱根《はこね》にある会社の保養所で過ごすそうです。今の段階ではいくなとはいえません」

「捜査が、やりにくくなるな」

と、十津川はいった。

「それから、警部の奥さんから電話がありました。新聞記者が、家のまわりに張り込んでいるそうです」

「『週刊日本』の記事のことを、ききたいんだろう。今日は、ここで徹夜するか。記者さんに、いろいろきかれるのはしんどいからな」

と、十津川はいった。

「うまい焼きそばを作りますよ」

と、亀井が笑った。
翌日、昼前に、田島から電話が入った。
今度は、新宿の喫茶店で会った。
「やはり、投書があったんだ」
と、田島は会うなりいった。
「どんな投書なんだ？」
「コピーして持ってきた。差出人不明で、ワープロで、打ってある」
田島は、ポケットからコピーした原稿を取り出して、十津川に、渡した。
なるほど、ワープロで打たれた字が、きれいに並んでいた。
「封筒には、『週刊日本』編集部とあって、速達だったが、差出人の名前はなかった
と、いっている。消印は新宿中央だ。日付は六月一日の午前になっている」
と、田島はいった。
（三人の配達員を、任意で呼んで事情聴取した翌日だ）
と、十津川は思った。
「『週刊日本』では、警察が宅配業者に眼をつけたという噂をきいていたので、手紙
に嘘はないと思って、記事にしたといっている」

と、田島はいった。

十津川は、ワープロの手紙に眼を通した。

〈私は、かねてから、貴誌の、大週刊誌にない事件への鋭い切り込み方や、権力にもねらない姿勢に、感心しております。

私が今回手に入れた情報は、きっと貴誌に歓迎されるものと思い、ペンをとりました。

今、世間を騒がせているのは「午後の悪魔」と呼ばれる連続暴行殺人事件です。警視庁捜査本部は、最初、被害者の顔見知りに狙いをつけ、見事に失敗、そこで今回は、宅配の配達員に的《まと》をしぼったわけです。

警察が狙いをつけたのは、日本配送と、関東宅配の城西支部で働く配達員です。マスコミは、宅配業者を警察がマークしていると知って、耳をすませているので、警察は、今回、ひどく慎重に動いています。また失敗したのでは、警察の面子《メンツ》にかかわると、考えているのだと思います。

そこで、警察は、内密のうちに捜査を進め、容疑者三人の事情聴取をすませています。警察は、容疑者を特定していないといっていますが、これは嘘です。三人の配達員を、ちゃんと容疑者と特定して調べているのです。

この三人のことを教えましょう。

日本配送の桜井努、二十五歳。同じく日本配送の原田清宏、三十歳。この二人は独身です。三人目は、関東宅配の松川豊、二十八歳。彼は新婚です。

この三人は、三つの事件が起きた五月十六日、二十二日、二十八日の午後、配達に出ており、アリバイがないし、血液型もB型ということで、警察は、マークしたのです。

警察は、まだ、容疑者扱いはしていないといっていますが、これは嘘です。その証拠に、三人の事情聴取に当たって、担当刑事は、さり気《げ》なく、三人の被害者の写真を見せて、反応を見ているのです。この三人について、特徴を知らせましょう〉

手紙は、このあと、三人のプロフィールについて書き記《しる》している。

そして、次のように書き継いでいた。

〈警察は、なぜ、この三人の容疑者について隠しているのか、私は理解できないのです。

犯人は、また、独り暮らしの女性を狙って、第四の犯行に及ぶにちがいありません。この事件の犯人は、病気です。自分を抑《おさ》えることができないのです。

犯人が、今書いた三人のなかにいることは、まず間違いありません。少なくとも、警察はそう確信しています。それなら、なぜ、名前を公表して、逮捕しないのか。

このままでは、間違いなく、第四の犠牲者が出ます。

私は、それを防ぎたいのです。

警察は、前のミスにおじけづいて、三人の容疑者について、逮捕、公表をためらっています。

このままでは、女性たちが危ない。のろまな警察に代わって、貴誌で、この事実を明らかにし、社会に警鐘を鳴らしてくださるようにお願いします。

私は、社会の安寧《あんねい》のために、この手紙を貴誌あてに書いたので、これによって、謝礼をもらおうという気持ちは、まったくありません〉

「どうだ？」

と、田島がきいた。

「よく書いてある」

と、十津川はいった。

「よくというのは？　警察の人間じゃなければ、わからないことが書いてあるという意味か？」

「事情聴取を受けた三人も、知っている」

と、十津川はいった。

「なるほどね。ああ、最後に、謝礼はいらないと書いてあるだろう」

「ああ。今どき珍しい密告者だよ」

「『週刊日本』に確かめたが、本当に、謝礼は要求してこなかったそうだ」

と、田島はいった。

十津川は、窓の外に眼をやった。

ビルの六階にある店なので、眼下に新宿の雑沓《ざっとう》が見える。

若者が多い。あのなかに、マンションに、独り暮らしの女性もいるだろう。

今のままでは、間違いなく、第四の犠牲者が出てしまうにちがいない。

「何を考えてるんだ？　四人目の犠牲者が出ると思ってるのか？」

と、田島がきく。

「それを恐れている」

「犯人は、病気か？」

「たぶんな。だから、繰り返す」

「それを防ぐのが、君たち警察の役目だろうが」

「わかっている。全力をつくしているよ」

「宅配の三人は、どうなんだ？　犯人の可能性があるんだろう？」

と、田島がきいた。

「必要条件は、備えているよ。事故死した男が犯人だったら、もう事件は起きない」

「他の二人が、犯人だったら？」

「また起きる。ただ、断っておきたいんだが、警察は、まだ犯人と断定しているわけじゃないんだ。容疑者でもない」

「なぜ、そんなに慎重なんだ？」


と、田島がきく。

「他にも、条件が一致する人間が、いるからだよ。警察としては、その全員を調べてから、結論を出したいんだ」


と、十津川はいった。

「他にもいるというのは？」

「独り暮らしの女性に、ドアを開けさせることができる仕事についている人間がという意味だよ。それなら、顔見知りでなくても、犯行は可能だからね」

「たとえば？」

「宅配に似た仕事を捜《さが》せばいい」

「郵便配達？」

「それもある。他にもある。それを全部、洗いたいんだ。その時間を与えてくれればいいんだが」

「誰が？」

「犯人とマスコミだよ」

と、十津川はいった。

11

一週間の休暇をとった原田と松川には、十津川は監視をつけていた。

問題は、その二人が犯人ではない場合だった。

黒板には、考えられる犯人の仕事が書き並べてある。

郵便配達
ガス会社の検針係
水道工事
電話局員
花屋
デパートの配送係
「多いな」
と、三上本部長が、憮然《ぶぜん》とした顔でいった。
「とにかく、可能性のある人間全部を調べてから、結論を出したかったんです。宅配業者を調べたのはその第一歩のはずでしたが、週刊誌に書かれてしまって――」
「どうするんだ？」
と、三上がきく。
「やはり、捜査を続行せざるをえません。ここにあげた仕事に関係している人間を全部、調べます」
と、十津川はいった。
「大変だぞ」

「いえ。それほどでもありません。われわれがマークする人間は、新宿、渋谷地区を担当していて、血液型はB、五月十六日、二十二日、二十八日の午後、配達に出ていた人間ということになりますから」

と、十津川はいった。

「よし、人員を増やし、人海戦術でやるようにしよう」

「あとは、時間との競争です」

「何の時間とのだ？」

「犯人が第四の犯行に走る時間とのです」

と、十津川はいった。

五十人の刑事が増員され、それぞれ郵便関係、ガス会社関係とわかれて捜査が再開された。

捜査が終わった部門は、黒板にその結果が書きこまれていく。

容疑者がいなければ、完全に消され、一人でも、条件にあった男がいれば、その男の名前と顔写真が貼られ、監視がつけられた。

範囲が、次第に狭《せば》められていく。それにつれて、なぜか、十津川の表情が暗くなっていった。

沈黙することが、多くなった。

亀井が、心配して、

「どうされたんですか？」

と、きく。

「何でもない」

と、十津川はいった。

「今度のことで、疲れているんだと思います。あとは、われわれに委せて、しばらく休まれたらどうですか？」

と、西本刑事もいった。

「馬鹿なことをいうな。疲れてなんかいないよ」

と、十津川はいった。

「間に合わないことを、心配しておられるんですか？」

と、亀井がきいた。

「間に合わない？」

「私も、それを恐れているんです。全部を調べ終わらないうちに、犯人が、第四の犯行に走る。そのことです。警部が、心配なのはそのことでしょう？」

と、亀井がいった。

「それもあるが――」

と、十津川が答えたとき、十津川の机の上の電話が鳴った。

十津川が、受話器を取る。

恐れていた知らせだった。

12

場所は、渋谷区富ヶ谷《とみや》。

七階建てのマンション「メゾン富ヶ谷」４０１号の２ＤＫの部屋の寝室で、若い女が首を絞められて、殺されているのが、発見された。

女は、バスローブ姿で、シャワーのあとらしく、頭にタオルを巻いていたが、時間がたって、髪は乾いてしまっていた。

「四人目か」

と、十津川は呟く。

「とうとう四人目か」

「名前は、戸倉《とくら》あい。二十六歳。渋谷のクラブで働くホステスです」

若い西本が、メモを見ながら、十津川にいう。

「今日は、何日だったかな？」

「六月六日です」

「五月二十八日から、九日目か」

と、十津川はいった。

少し、間隔が長くなったのは、用心しているからだろう。用心しながらも、我慢できなくなって、また凶行に及んだのか。

「前の三件と同じです。暴行されて、殺されています」

と、日下がいった。

発見者は、近くの寿司《すし》屋の店員だった。

被害者は、よく上ずしを注文するのだが、その支払いが溜《た》まっている。彼女が、店に出る前にと思って、午後四時に訪ねたが、ベルを鳴らしても、答えがない。

「てっきり、居留守を使っているんだと思って、ドアに手をかけたら、鍵がかかってなくて、開いたんです。それでなかを覗《のぞ》いてみたら、死んでいて――」

と、若い店員はいった。

死体は、司法解剖のために運ばれていく。

その結果は、前の三件と同じだった。

死因は、絞殺による窒息死。死亡推定時刻は、六月六日の午後二時から三時。暴行のうえ、殺した犯人の血液型はB。

「まったく、前の事件と同じか。几帳面《きちようめん》な犯人だな」

と、三上本部長は舌打ちした。

「宅配の二人、原田と松川には、アリバイがありました。二人の監視に当たっていた刑事が確認しました」

と、亀井が三上に報告した。

「宅配は、容疑圏外か」

三上が、残念そうにいった。

「そうなります」

と、十津川はいった。

現場附近の聞き込みに回っていた刑事が、六月六日の昼過ぎに、現場近くで、ガス会社の車を見たという証言を持ち帰った。

新東京ガス城西支店の青い車である。

何でも、あの日、現場附近で、ガス洩れがあるという知らせがあって、急遽出動したのだという。

「どうも、この知らせが、インチキだったようで、ガス会社がいくら調べても、自分が電話したという人間は見つからなかったそうです」

と、日下がいった。

「しかし、出動したんだろう。何人くらいの人間が出動したんだ?」

と、十津川はきいた。

「十人です。各自、ばらばらに、あの一帯のマンションや商店などを、調べて回ったということです」

「時間は?」

「午後一時に出動し、午後四時には、終わって引き揚げたそうです」

「とすると、十人の誰にも、戸倉あいを殺すチャンスはあったわけだな」

「ひとりで回っていますから」

「その十人の氏名は、わかるか?」

「新東京ガスで、調べてきました。この十人のうち、血液型Bは四人です」

「さらに、その四人のなかから五月十六日、二十二日、二十八日の三日間、新宿、渋谷地区に出動していた人間を捜してほしいね」

「今、その作業をやっています」

と、日下はいった。

日下と、西本の若い二人が、この作業に当たった。

宅配のとき、捜査状況が洩れてしまった痛い経験から、三上本部長も、十津川たちも、慎重のうえにも、慎重を期した。

捜査を進めると、新東京ガス城西支部の社員のなかから一人の男が、浮かびあがってきた。

三十歳。独身の男である。

名前は、柳沼真治《やぎぬましんじ》。身長百八十センチ。高校時代は野球部で、滋賀《しが》県の県大会で優勝したことがある。

三十歳になった今も、がっしりした体格で、職場の軟式野球では、ピッチャーをつとめることがある。

二十五歳のとき、結婚しているが、彼の暴力が原因で、一年で離婚していた。

柳沼は、血液型はB。五月十六日、二十二日、二十八日にも午後、検針員として、バイクで出かけている。

そして、今回六月六日も、ガス洩れを調べるために出動していた。

捜査は、この男に集中したが、前の宅配の件で失敗しているので、十津川たちは陽動作戦をとることにした。

マスコミは、十津川たちの動きを注視して、事件の容疑者を突き止めようとしていた。

柳沼をマークしたといっても、まだ、容疑者の段階である。この時点で、マスコミに嗅《か》ぎつけられたら、犯人として、書かれてしまうだろう。

それは、困る。

そこで、十津川たちは、郵便配達やデパートの配送のほうを捜査しているジェスチュアをとることにした。

記者会見では、三上本部長が、

「現在、郵便配達員と、デパートの配送員に、重点をおいて調べています。もちろん、だからといって、この人たちのなかに犯人がいるとみているわけではありません。すべての部門を、捜査してみるということです」

と、話し、実際にも、刑事たちが、城西地区のデパートを訪ねて歩き、郵便局を調べていった。

そのかげで、柳沼について、徹底的に調査を進めていった。

彼の性格、日常の言動。指紋、友人、特に女友だちの証言の収集。

そして、念入りな聞き込み。四つの事件の現場で、ガス会社の青い制服を着た柳沼を目撃した者がいないかという聞き込みである。

柳沼真治の名前が、浮かんで三日目、また『週刊日本』が警察の動きを暴露して、十津川たちを狼狽《ろうばい》させた。

13

〈警察は、なぜ、また、真実を隠そうとするのか！
すべてを明らかにせよ！
警察は、すでに、真犯人を見つけ出しているのだ！
警察がマークしているのは、ガス会社の男だ！〉
そんな、見出しの文字が躍《おど》っていた。
十津川は、呆然《ぼうぜん》とした。

十津川たちが陽動作戦をとっていることもはっきりと書かれている。

柳沼真治という名前こそ出していないが、記事のなかでは、三十歳で、バツイチの独身男と書かれていた。

三上本部長は、この記事を読んで怒り狂ってしまった。

「誰が、週刊誌にリークしたんだ！」

と、三上は、刑事たちを前にして怒鳴《どな》った。

十津川は、必死に怒りを抑えつけた。

このニュースが警察から洩れたことは、はっきりしている。だが、なぜ、そんなことになるのか、十津川にはわからなかった。

捜査にたずさわっている刑事のなかに、そんな人間がいるとは思えなかった。そんなことをしても、何の得にもならないからだ。

（だが、なぜ、洩れたかを知らなければ、捜査はめちゃくちゃになってしまうだろう）

と、十津川は危惧《きぐ》する。

宅配のときもそうだったが、今回も、早速《さっそく》、新東京ガスの顧問弁護士が、社員の一人を証拠もなしに、犯人扱いしたとして抗議しにきた。

警察は、犯人と断定はしていないと答えたが、これで捜査がしにくくなることは、避けられないだろう。

「リークしたのは、柳沼真治本人じゃありませんかね？」

と、亀井が十津川に向かって、いまいましげにいった。

「動機は？」

と、十津川はきいた。

「週刊誌が取りあげたことで、われわれの捜査は、確実にやりにくくなりました。柳沼の狙いは、それじゃありませんか？」

「カメさん。それは違うよ」

と、十津川はいった。

「なぜですか？　柳沼が真犯人で、追いつめられて、捨て身の反撃に転じた。週刊誌に載せることで、捜査をやりにくくさせる。それが彼の狙いですよ」

「『週刊日本』には、宅配のときも、リークがあって記事が載った。今回が、柳沼だったら、あのときは、原田と、松川と、桜井が、リークしたことになる。だが、あの三人は犯人じゃなかったんだ」

と、十津川はいった。

十津川は今度も、友人の田島に助けを求めた。

田島に電話をかけると、彼は笑って、

「さすがの十津川警部も、困り果てたって感じだな」

「今回も、『週刊日本』には、投書があったんだと思うんだよ。どうしても、その投書を見たい」

「そうくるだろうと思っていたよ。投書は、もう手に入れている。君から、電話がかかってくるだろうと思ってね」

と、田島はいった。

「よく、君に渡したね」

「魚心《うおごころ》あれば、何とかさ。それに記事に出しちゃえば、もう、投書は要《い》らないんだ」

と、田島はいった。

また、新宿の喫茶店で会い、コピーされた手紙を、田島から受け取った。

「前と同じ、ワープロで打たれた手紙だ。封筒も同じ、新宿中央で投函《とうかん》されている」

と、田島はいう。

「同一人か」

「別人と考える奴がいれば、そいつは馬鹿だよ」

と、田島はいった。

十津川は、注文したコーヒーには手をつけず、コピーに眼を通した。

見覚えのあるワープロの文字が並ぶ。

〈例の「午後の悪魔」事件について、警察の秘密主義は、いっこうに改まっていません。それで解決に近づくのならいいのですが、逆なのだから話になりません。前回、警察は、捜査を徹底的にマスコミに隠して失敗しました。無実の宅配関係者を犯人扱いにして、その一人を自殺に追いやってしまったのです。警察は、あれは単純な交通事故だと弁明していますが、違います。あれは無実の人間が警察に犯人扱いされた、そのことへの抗議の自殺です。今回、警察は、新東京ガスの柳沼真治という三十歳の社員に狙いをつけました。今回も警察は自信満々で、間もなく彼を暴行、殺人の容疑で逮捕するはずです。問題なのは、警察が証拠を摑《つか》もうと努力するよりも、マスコミに自分たちの捜査を知られることを心配していることです。これでは、本末転倒ではありませんか？それに、マスコミの眼を欺《だま》そうと、愚《おろ》かな陽動作戦までとっているのです。記者会見では、郵便配達員とデパートの配送係をマークしているといい、実際に、刑事たちが、郵便局や、デパートの周辺をうろうろ歩き回るわけです。こんなことが、何の役に立つのでしょうか？　ガス会社の人間が犯人と考えるのなら、正直にそう発表し、逮捕すればいいのです。今の警察のやり方では、いたずらに市民の、特に独り暮らしの女性の恐怖を、煽《あお》るだけではありませんかね。なぜなら、警察が、郵便配達員とデパートの配送係も、怪《あや》しいといってるんですから。私は、日本の警察にこんな姑息《こそく》な手段をとってもらいたくないのです。私は、社会の安寧《あんねい》のために、この手紙を書きました。それしか願っていません。貴誌の活躍を祈ります〉

「君の感想をきかせてくれ」

と、田島はいった。

十津川は、その質問には答えず、

「君に、借りができた。何か私でできることがあるか？」

「今はない。警察も困っているようだからね。ただ、今度の『午後の悪魔』事件が解決したら、事件の始まりから終わりまでを、ドキュメントに書いてみたいんだ。そのときは、警察の動きを正直に話してくれ」

と、田島はいった。

「わかった」

と、十津川がうなずく。

田島は、そんな十津川の顔を、覗きこむように見た。

「顔色が、悪いぞ」

「何でもない」

「ひょっとして、その投書の主に、心当たりがあるんじゃないのか？」

「いや。そんなものはない」

「それならいいんだ。少し疲れているんだろう。早く事件を解決して、ゆっくり休めよ」

と、田島はいった。

14

十津川は、コピーを持ち帰り、三上本部長に見せ、亀井にも見せた。

三上本部長は、疲れた顔で、

「これが、警察の人間でないことを、祈るばかりだ」

と、いった。

亀井は、二回、読み直してから、

「同じ人間ですね」

と、いった。

「それは、わかっている」

と、十津川はいった。

「無視したいところですが――」

「正直にいうと、この投書より、もっと心配なことがある」

と、十津川はいった。

「そういえば、最近、警部は、何か心配ごとがあるようでしたが――」

「犯人が逮捕されれば、その心配も消えてくれるんだが」

「今度こそ、大丈夫ですよ。ガス会社の柳沼真治が犯人です」

と、亀井はいった。

「もし、違っていたら？」

「自信を持ってください。警部らしくありませんよ。柳沼は、四つの事件について、アリバイがないんです。血液型もBです」

「宅配のケースでも、同じだったが、違っていた」

と、十津川はいった。

「ええ。しかし、それで宅配は除外できたんです。消去法で、真犯人に近づけたと、プラスに考えたらいいんじゃありませんか？　万一、ガス会社の柳沼がシロとなっても、ガス会社を消去できる。真犯人に近づける。いつも、警部は、そういうふうに考えてきたはずじゃありませんか」

と、亀井がいう。

「カメさん。君だって、怖いはずだ」

と、十津川はいった。

「何がですか？」

と、亀井がきく。

「私たちは、最初、顔見知りの犯人とみて、被害者の関係者を洗った。それが、失敗とわかり、捜査方針を変えた」

と、十津川はいう。

「そうです。顔見知りでなくても、独り暮らしの女に近づける人間を考え、宅配、ガス会社、デパートの配送、郵便配達と考えていったんです。制服を着ていて、人を訪ねていくのが仕事の人間をです」

「そうだよ。いろいろな業種を調べていった。しかし、われわれは、無意識に、一つの職種を考えまいとしてきた。カメさんにもわかっているはずだよ」

と、十津川はいった。

亀井の表情が、急に暗くなった。

十津川は、言葉を続けた。

「宅配の三人が、容疑者として浮かんだとき、私は、正直にいって、この三人のなかに、犯人がいてほしいと願った。それがシロとなった今、今度は、ガス会社の人間が犯人であってほしいと思っている」

「私も、同じです。一刻も早く、事件を解決したいですから」

「もし、ガス会社の人間もシロとなったら」

と、十津川がいう。

「そんなことはないと思いますが、ガス会社がシロなら、次は、デパートの配送係、郵便配達員を調べていけば、いつか真犯人に辿《たど》りつけます」

「いや、デパートの配送係と郵便配達員は、もう調べてしまっている。陽動作戦でも、捜査は進んでいるんだ。そして、この二つはシロとなっている」

「まあ、そうですが」

「これで、ガス会社が、シロとなったら、残る業種は、一つしかなくなってくる。私たちが、無意識に考えまいとしている人間だ」

と、十津川はいった。

「――」

「警察官だよ。制服を着ていて、マンションの、独り暮らしの女性の部屋のドアをノックしても、誰にも怪しまれない」

と、十津川はいった。

「――」

「本来なら、最初に考えなければならない業種だ。だが、私たちは考えまいとした」

「当たり前です。警察官が、殺人をするはずがありません」

と、亀井は怒ったようにいった。

「かもしれないが、犯人であってほしくないという気持ちもあった」

「ええ。そうです。しかし、犯人は、新東京ガスの柳沼真治ですよ。間違いないですよ」

と、亀井はいった。

十津川も、そうであってほしいと願っている。だが、その気持ちのなかに、警察官としてのエゴがあることも、間違いないのだ。

それは、警察官が「午後の悪魔」事件の犯人であってほしくないというエゴと、もう一つ、『週刊日本』への投書の犯人が、警察の人間であってほしくないというエゴが、重なっている。

しかし、投書の主は、警察官以外考えられないのもたしかなのだ。

十津川は、そのジレンマに苦しんだ。亀井は、柳沼真治が真犯人ならば、それで、すべてが片づきますといった。形の上では、それで、事件は解決するだろう。

しかし、それでも、『週刊日本』に、捜査内容が洩れたという事実は残るのだ。

その犯人を明らかにしなければ、完全な解決とはいえないのだが、面子を重んじる上層部が、そこまでやるだろうか？

いや、十津川自身にも、身内意識がないとはいえないのだ。

警察のなかで、『週刊日本』の件は、禁句になった。

何もなかったことにして、事件の解決に、全力をあげることが、暗黙の了解事項になった。

柳沼真治の尾行と監視は、続けられた。

彼には、四つの事件についてのアリバイがない。血液型もB。状況証拠はクロだが、彼が、四人の女の部屋に入って、殺したという証拠はない。

部屋に彼の指紋がないことは、軍手をはめていたということで説明がつくのだが、世の注目を集めている事件だけに、しっかりした証処が欲しかった。

「状況証拠は揃《そろ》っているんですから、逮捕できませんか？」

と、若い西本たちが十津川にいう。

「私も、逮捕すべきだと思います」

と、亀井もいった。

「カメさん。今度は失敗は、許されないんだよ。前に一度、宅配で失敗しているから」

「わかっていますが、『週刊日本』に書かれた以上、ガス会社が、柳沼に休暇を与えて、東京から外へ出してしまうか、宅配のときの桜井のように自殺するかもしれません。それなら、むしろ、逮捕してしまったほうが、彼のためにもいいんじゃないですか？」

と、亀井はいった。

「本部長に、相談してみよう」

と、十津川はいった。

三上も、柳沼を逮捕したいと考えていた。ただ、亀井のように、本人のためにもということではなかった。

「今のままでは、独り暮らしの女性の間に、パニックが広がってしまう。警察は、犯人がわかっているのに、逮捕しないでいるのはなぜなのか。『週刊日本』に記事が出てから、そんな質問の電話が、広報に、二百本もかかってきているんだ。そのうちに、抗議の電話で、警察の電話回線は、パンクしかねない。だから、私も、柳沼を逮捕すべきだと思っている。今日中に令状を請求すれば、明日中に逮捕状が出るだろう」

と、三上はいった。

だが、翌朝、逮捕状が出る前に、柳沼真治は姿を消してしまった。

15

柳沼は、新東京ガスの寮に入っていた。

四階建ての独身寮で、三十八人の社員が住んでいた。

年齢は、二十代、三十代で、朝になると、全員が青いユニホームを着て、寮を出て、職場に向かう。

監視しにくい建物だった。

二人の刑事が、柳沼を監視していたのだが、この日の朝、見失ってしまったのである。

彼の仲間、数名が共同して、柳沼を逃がしてしまったのだ。

「いき先は、わかりません」

と、西本は電話で十津川に報告した。

「柳沼によく似た男をダミーに使って、われわれの眼をごまかし、その隙《すき》に柳沼を逃がしたんです」

と、西本と監視に当たっていた日下がいった。

「なぜ、連中は、柳沼を逃がしたんだ？」

と、十津川は電話できく。

「無実なのに、逮捕されたら、可哀そうだといっています」

「無実の証拠でも、持っているのか？」

「それは、ないみたいです。連中を公務執行妨害で、逮捕しますか？」

と、西本がきく。

「駄目だ。逮捕状が出た後なら、公務執行妨害になるが、出る前では何の罪にもならん」

「これから、何とかして、柳沼の行方を捜します」

と、日下がいった。

十津川はすぐ他の刑事たちを集め、全力で柳沼を捜せと命じた。

十津川と亀井は、柳沼が住んでいたガス会社の寮に向かった。

二階の隅の部屋が、柳沼のものだった。

六畳の大きさの洋間に、ベッドがおかれ、トイレはついているが、食堂と風呂は、一階に共同のものがある。

路地裏側の窓が開いていて、下を覗くと、地面に、足跡があった。ここから飛びおりて、逃げたのだろう。

部屋の隅に、ゴム輪でまとめられたキャッシュカードと信販カードが落ちていた。

そのカードに記入されている名前はＴ・ＭＩＺＵＴＡＮＩ。裏のサイン欄には、水谷寿子と書かれていた。三人目の犠牲者の名前である。

「当たりですね。柳沼は犯人です」

と、亀井がいう。

「とにかく、指紋を調べる。それから、彼女が殺されたあと、このキャッシュカードが使われているかどうか知りたいな」

と、十津川はいった。

すぐ、鑑識がやってきて、キャッシュカードと信販カードを持ち帰った。

十津川が要請した二つのことは、すぐ判明した。

キャッシュカードは、水谷寿子が殺された翌日の五月二十九日に使用され、五十万円が引き出されていた。

カードの暗証ナンバーは、４２９８。彼女の誕生日、昭和四十二年九月八日である。

犯人は、殺す前にカードナンバーをきき出したのか、あるいは、誕生日と予想して、銀行にいったのか。

銀行の監視カメラには、大きな帽子で顔をかくした二十五、六歳の女の姿が写っていた。

たぶん、犯人の女だろう。

キャッシュカードにも信販カードにも、指紋はついていなかった。きれいに拭き取ったものと思われた。

警察は、柳沼真治を指名手配した。が、二日目になっても、彼は見つからなかった。

三日目も、夜になって諦めかけたとき、柳沼真治発見の連絡が、捜査本部に届いた。

ただし、死体としてだった。

16

伊豆《いず》の西海岸。

三津浜《みとはま》から、大瀬崎《おおせざき》へいく途中の山中で、首を吊《つ》って死んでいる柳沼真治の死体が、みかん畑の持ち主によって、発見されたのである。

彼はすぐ、派出所へ知らせ、派出所の警官は、死体のポケットに入っていた運転免許証で、柳沼真治と知り、あわてて警視庁に連絡をとった。

十津川と亀井が、直《ただ》ちにパトカーで伊豆に向かった。

伊豆長岡《ながおか》に出て、そこで待っていた静岡《しずおか》県警の三浦《みうら》警部に案内されて、現場に向かう。

伊豆長岡から海岸に出ると、三津浜である。昔は小さな漁村だったが、今、沖合の淡島《あわしま》に、水族館ができ、こちら側には、五千トンの豪華ヨット「スカンジナビア号」が固定され、レストランになっている。

一つのレジャー基地になっているのだが、さらに、西端の大瀬崎に向かうと、とたんに周囲は山が迫り、人家も少なくなってくる。

道路も、現在、拡張工事中なので、狭くなったり広くなったりする。

浜沿《ぞ》いのS字の多い道路だが、一昔前、山間《やまあい》を縫《ぬ》って通っていた旧道が、ところどころで顔を覗かせる。

「柳沼の郷里は下田《しもだ》なので、南伊豆方面は、注意を払っていたんですが、西伊豆の端のほうは、油断でした」

と、パトカーのなかで、亀井が、口惜《くや》しそうに、いった。

十二、三分走ったところで、前方に、県警のパトカーが一台、駐まっているのが見えた。

そこから、山間に向かって、細い未舗装の道が走っている。

十津川たちを乗せた車は、強引にそのゆるい坂道を入っていった。車体が激しくゆれる。

前方に、さらに、もう一台のパトカーと鑑識の車が駐まっているのが見えた。

こちらの車が、その五、六メートル手前でとまり、そこから、十津川たちは、奥へ向かって、歩いていった。

荒れた自然が、そこにあった。旧道を人が歩いていたころは、一生懸命に手入れをしていたのだろうが、海岸線の道路が整備されていくにつれて、旧道の周辺は、荒れていったにちがいない。

太い松の木の根元には、雑草が生《お》い茂っていて、道路は崩れかけていた。

その荒れた雑草の上に、柳沼真治の死体が横たえられている。

松の枝にズボンの革ベルトをかけ、首を吊って死んでいたのだという。

県警の刑事が、運転免許証を十津川に見せた。間違いなく、柳沼真治のものだった。

「これが、雑草の間に落ちていました」

と、三浦警部が、しわくちゃになった新聞を十津川に渡した。

昨日六月十三日の朝刊だった。

その社会面には、警察が柳沼真治を連続暴行殺人事件の容疑者として、指名手配したという記事が、大きく載っていた。

静岡県版ではなかった。ということは、東京周辺の駅ででも買ったのだろう。

伊豆長岡警察署が捜査に乗り出し、死体は司法解剖に回された。

解剖結果が出たところで、捜査会議が開かれ、十津川と亀井も参加した。

解剖の結果、死因は、窒息死。死亡推定時刻は、六月十三日の午後二時から三時ということだった。

十津川が、まず東京で起きた四つの暴行、殺人事件について説明し、錯誤《さくご》を重ねたうえ、最後に、新東京ガス城西支部の柳沼真治に辿りつくまでを話した。

「逮捕令状を請求したのが、六月十二日でした。その翌朝、柳沼が、新東京ガスの寮から逃亡したのです。三人目の犠牲者、水谷寿子のキャッシュカードと信販カードが部屋に落ちていました。柳沼は軽自動車を持っていますが、寮に置いてあるので、タクシーを拾って、逃げたんだと思います。たぶん、東京駅へいき、電車で西伊豆へ向かったのだと思います。新聞は、駅で買ったものと思います」

続いて、県警の三浦警部が、死体発見からの事情を説明した。

「柳沼真治が、なぜ、三津浜から大瀬崎へいこうとしたのか。考えられることは、彼の故郷が下田だということです。そこへいきたいが、当然、警察が張り込んでいる。そこで、まず、西伊豆へ出て、土肥《とい》から、堂ヶ島《どうしま》と西海岸を回り、少しずつ様子を見ながら、下田へ近づこうとしていたのではないか。彼はたぶん、バスで三津浜から大瀬崎へ向かったと思います。電車のなかで新聞を読んで、自分が全国指名手配されていることを知って、追いつめられた気分でバスをおり、あの現場まで歩き、自分の革ベルトを使って自殺した。あの状況から考えられることは、こうしたことです」

死んだ柳沼の所持品も、明らかにされた。

運転免許証

財布（二十六万三千円入り）

キーホルダー

ハンカチ

サングラス

財布の中身が多いのは、水谷寿子のキャッシュカードを使って、五十万円を引き出した残りではないか。

柳沼が、大瀬崎行のバスに乗ったかどうかの聞き込みが、その日から始められた。少ない便数なので、運転手が覚えているのではないかと思ったが、ワンマンバスでは、運転手は仕事が多いせいか、覚えている運転手は、見つからなかった。あるいは、海岸線を、悩みながら、歩いたのかもしれない。それとも、山間の旧道を歩いたのか。

十津川と亀井は、いったん、東京の捜査本部に戻った。

二人を待っていたのは、六月十三日の朝、新東京ガスの寮の近くから、柳沼を乗せたタクシーは、見つからなかったという西本の報告だった。

「ですから、バスに乗ったか、電車を使ったのではないかと思っています」

と、西本はいった。

「また、バスか――」

と、十津川が呟いた。

「タクシーに乗ると、運転手に顔を覚えられてしまうからでしょう」

と、亀井がいった。

「私には、そうは思えないのだよ」

と、十津川はいった。

17

「柳沼は、一刻も早く逃げたかったはずだ。だから、水谷寿子から奪ったキャッシュカードと信販カードを始末もせず、部屋に放り出している。それなのに、わざわざバスの停留所まで歩いていって、乗るだろうか？　電車の駅まで歩くのも同様だ。私なら、すぐタクシーを拾って逃げるよ。西伊豆でも、同じだ。彼は、二十六万もの大金を持っているのに、なぜ、タクシーを拾わなかったのか？　東京からタクシーに乗って、伊豆までいったって、よかったのに」

と、十津川はいった。

「そういえば、二枚のカードが、ゴム輪でまとめられていたのも、不審ですね。なぜ、あんなことをしたのか」

と、亀井がいう。

「カードから、柳沼の指紋が検出されないのも不思議だ。用心したのかもしれないが、それならなぜ、そのカードを自室に、放り出しておいたのか」

と、十津川はいった。

「警部は、何を考えておられるんですか？」

と、亀井がきく。

「柳沼が、逃亡したときは、やはり、彼が犯人だったのかと、ある意味で、ほっとしたんだが、調べていくにつれて、疑問がやたらに出てきてね。その不安が、よみがえってきたんだよ」

と、十津川がいった。

「犯人が、警察官ではないかという疑問ですか？」

亀井の表情が、硬くなった。

「犯人も『週刊日本』に投書した人間も、警察官の疑いが濃くなったと思っている」

と、十津川はいった。

「それはつまり、柳沼真治の自殺にも、疑いを持たれているというわけですね？」

「警察官が犯人なら、当然、そうなってくるよ」

「しかし、警部。警察官は、何万という数ですよ。そのなかから、犯人を見つけ出すのは、至難の業《わざ》だと思いますが」

と、亀井がいう。

十津川は、小さく首を横に振った。

「いや。いろいろな条件から、相手を絞っていけるんだ」

「どんなふうにですか？」

「たとえば、その警察官は、午後二時から三時に犯罪を犯しているのだから、その時間帯に、自由に動けるということになる」

と、十津川はいった。

「なるほど」

「これは辛《つら》い作業だが、やらなければならないんだ。カメさんは協力してくれるか？」

「やりましょう」

と、亀井はうなずいた。

「今もいったように、その警察官は、少なくとも、犯行の日は、午後は自由に行動できた。第一から第四の犠牲者のマンションにいき、一時間は行動することができたということなんだ」

と、十津川はいった。

亀井は、それを、黒板に書きつけていく。

「それに、血液型はＢ」

と、十津川がいう。

「われわれ刑事は、事件に縛《しば》られて、行動が規制されます。夜中でも動かなければならないから、午後二時から三時にかけて、自由に動ける、それも四回にわたってということは、不可能ですよ」

と、亀井がいった。

「だから、交番や派出所勤務の警察官だということになる。制服の若い警察官で、四つの事件のあった新宿、渋谷地区のどこかの交番か、派出所勤務ではないかと思っている」

と、十津川はいった。

「五月十六日、二十二日、二十八日、そして、六月六日の午後、警邏《けいら》に出たということですか？」

「自転車かバイクでね。たぶん、自転車だろう。彼の行動範囲のなかに、四つの事件のマンションが入っていた。ときには、警邏の範囲を外れたかもしれないが、自転車に乗っていれば、いけない距離ではない」

と、十津川はいった。

「警邏は、毎日でしょう？」

「非番の日以外はね、彼は、毎日、警邏に出て、犠牲者を物色した。そして、五月十六日、二十二日、二十八日、六月六日の午後、実行したんじゃないかな」

「殺された女たちは、その警察官を信用したんですかね？　制服を着ていたから」

と、亀井が半信半疑できく。

「君は、日本人は制服に弱いと、いっていたはずだよ。だから信用した」

と、十津川はいった。

「事件が、起きたあとでもですか？」

「そうだよ。宅配員やガス会社の人間なら、制服を着ていても、ひょっとすると警戒されたかもしれない。しかし、警察官は別だ。事件が起きれば、起きるほど、かえって信用され頼りにされる」

と、十津川はいった。

「かもしれませんね。独り暮らしの女の部屋へいき、今、下から、この部屋の様子を窺《うかが》っている眼つきの悪い男がいたとでもいえば、相手は怖がって、警察官を部屋に入れて、どうしたらいいか、いろいろと相談するでしょうからね」

亀井が、うなずいていう。

「あるいは、もっともらしく、男の写真を見せて、この男が、マンションのまわりをうろついていたのだが、見たことがありませんかときく。それでも、いいわけだ」

「他に、犯人としての要件は、ありませんか？」

と、十津川はいった。

と、亀井がきいた。

「柳沼真治は殺されたと、私は思っている。そうだとすれば、犯人の警察官は、六月十三日非番で、西伊豆の現場までいけたことになる」

と、十津川はいった。

「しかし、交番か派出所勤務の警察官が、なぜ、われわれの捜査状況を知ることができたんでしょうか？　警部は、『週刊日本』に投書をしたのも、同じ警察官だと思っていらっしゃるんでしょう？」

と、亀井がきいた。

18

「たしかに、その点をどう考えたらいいか、わからなかった。投書の主は、犯人とは別人ではないかとも考えたよ」

「しかし、投書の主も、同一人だと思われたんですね？」

と、亀井がきく。

十津川は、自分の考えをまとめるように煙草《たばこ》をくわえ、火をつけてから、しばらく黙っていた。

「あの投書の文章だが――」

と、十津川はいった。

「読みました。印象は、妙に生《き》まじめだと思いました」

亀井が、それを思い出しながらいった。

「そうなんだ。二つの投書とも『社会の安寧のために』と、書いている。社会の安寧と秩序を守るというのは、警察官の任務だ。いわば、密告の手紙に、あんな文章を書くというのは、警察官としての意識が、働いてしまったのではないかと思ってね」

と、十津川はいった。

「たしかに、そうかもしれません。しかし、警察の捜査方針や、捜査の状況まで、一《いっ》介《かい》の警察官が知っているとは思えません」

「わかっている。そのことで、私はずっと気になっていたことがあるんだ」

と、十津川はいった。

「どんなことですか？」

「今の副総監のことだ」

「富永《とみなが》警視監のことですか？」

「富永さんが、副総監になったのは、いつだったかな？」

「去年の九月ごろだったと思いますが――」

と、亀井がいう。

十津川は、ちょっと考えてから、

「一緒に、国立国会図書館へいってくれないか」

と、亀井にいった。

二人は、パトカーを走らせて、国立国会図書館に向かった。

着くまで、十津川は黙っているし、亀井も何もきかなかった。

なかに入ると、十津川は、二つの週刊誌の、去年一年間の既刊分を借りた。

「このどちらの週刊誌だったか、覚えていなくてね」

「この週刊誌を、どうするんですか？」

「前に、どちらかの週刊誌で、富永さんが副総監になったときの記事を読んだんだ。

その記事を、もう一度、読みたくてね」

「どんなことが、書いてあったんですか?」

と、亀井がきく。

「たしか、副総監は、総監の女房役で、それに徹したいと就任の言葉が載っていた」

「平凡だが、当然の挨拶ですね」

と、亀井がいう。

「そのときは、私も、そう思ったよ。ただ、他にも、出ていたんだ。今はそのほうが、気になっている」

「何というページですか?」

「たしか、『親と子の対話』だったと思う。捜してくれ」

と、十津川はいった。

二人は、机に向かって腰を下ろし、二つの週刊誌を調べていった。どちらにも、親と子といったページがあった。

一時間ほどして亀井が、

「ありましたよ」

と、十津川に声をかけた。

19

『週刊Ｔｏｄａｙ』の去年の九月十五日号だった。

グラビアに、親子の写真が載っていて「親と子の対話」とあった。

〈九月一日付で、警視庁の副総監になった、富永匡《ただし》氏（四十九歳）と、一人息子の富永健一郎《けんいちろう》氏（二十四歳）は、同じ警察官〉

と書かれ、父親の横で一人息子の健一郎は、警察官の制服を着て、敬礼していた。

総監の女房役に徹したいという富永の談話が、たしかに出ている。

他に、彼は息子の健一郎のことに触《ふ》れ、

「社会の安寧と秩序を守るのが、警察官の第一の任務です。私の息子にも、そのために働いてもらいたいと念じています」

と、話している。

息子の健一郎は、それに答えて、

「父の期待に応《こた》えたいと思います」

と、語っていた。

もう一つ、次のような記事もあった。

〈今、息子の健一郎さんは、渋谷区内の交番で、日々、社会の安寧と秩序を守るため、父親の期待に沿いたいと、勤務に励《はげ》んでいる〉

読み終わると、二人は、黙って雑誌の束《たば》を返却し、図書館を出て、パトカーに戻った。

パトカーのなかで、十津川がいった。

「三上本部長は、毎日、捜査の状況を副総監に報告している。それを、帰宅して、副総監が息子さんに話していれば、息子さんは、全部知っていておかしくない」

「しかし、まさかという気がします。彼も警察官ですから」

と、亀井がいった。

「私だって、無実であってほしい。だが、疑惑があれば調べる必要があるんだ」

「わかっています。どこから調べますか？」

「彼は、警察学校を出ているはずだ。そこで調べれば、彼の血液型がわかる。もし、Bでなければ、それで、シロが証明されたわけだから、もう何も調べなくていい」

「もしBだったら？」

「警察学校時代のことを、きいてきてくれ」

と、十津川はいい、すぐつけ加えて、

「極秘にやりたい。だから、私とカメさんの二人だけで、調査する」

「わかっています」

と、亀井は緊張した顔でいった。

「連絡は私の携帯電話にしてくれ。他の人間にきかれたくないからね」

と、十津川はいった。

二人は、国会図書館の前で別れ、亀井は、警察学校へ向かった。

十津川は、何気ない様子で、捜査本部に戻った。

三時間ほどして、十津川の携帯電話が鳴った。

十津川は、わざわざ廊下に出てそれを受けた。

「富永健一郎の血液型は、B型です」

と、亀井が電話の向こうで低い声を出した。

「そうか」

「警察学校での彼の成績は抜群です」

「他には？」

「ただし、情緒不安定との講評もついています」

「それじゃあ、警察官に向いていないのじゃないか？」

「しかし、父親が、警視監ということで、卒業させています。父親の歎願《たんがん》が、功を奏したのではないかと思われます」

と、亀井はいった。

「家庭環境は、わかるかね？」

十津川は、小声できいた。

「彼が高二のときに、離婚して母親が、家を出ています。その後、父親と二人の生活が続いたわけですが、最近、父親の富永警視監が再婚したという噂をききました」

「富永さんは、父親としてはどうなんだ？」

と、十津川はきいた。

「警視監としての富永さんは、厳正《げんせい》、剛直《ごうちょく》という人柄ですが、家庭ではどうだったのか、富永さんの友人だという、こちらの学校長にきいてみました」

「友人なのか？」

「同期生だそうで、自宅にも、ときどき遊びにいく仲だということです」

「それで、富永さんの父親としての態度は？」

と、十津川はきいた。

「家庭でも、やはり、厳正、剛直を、絵に描いたように、振る舞っているそうです。何よりも、息子の健一郎君を、立派な警官に育てたいと念じているんじゃないか。学校長はそういっています」

「最近も、学校長は、よく富永家を訪ねていたのかね？」

と、十津川はきいた。

「それが、最近は足が遠くなったといっています」

「その理由をいっているかね？」

「私が、理由をきいたんですが、その話はしたくないと、いやな顔をされました」

と、亀井はいった。

電話を切ったあと、十津川は、富永健一郎の五月、六月の勤務状況を知りたくなった。

しかし、今、彼だけの勤務状況をきくことは、遠慮された。

そこで、彼は、四つの事件のとき、渋谷署管内の交番、派出所の警察官は、どう動いたかを知りたいと、署長に話した。

「おそらく、記者会見の席で必ず質問を受けると思うので、くわしく報告してほしいと思います」

と、十津川はいった。

その詳細な報告が、十津川の手元に集まっているところへ、亀井が帰ってきた。

二人で、その報告書を調べた。

といっても、必要なのは、渋谷区幡ヶ谷交番に勤務する富永健一郎巡査のものだけである。

やはり、五月十六日、二十二日、二十八日、六月六日の四日は勤務し、午後は自転車で警邏に出ていた。

「彼を呼んで、訊問しますか?」

と、亀井がきく。

「やりたいが、ひとりだけやれば、疑っているのを知られてしまう。署内の交番から、三人を選んで、事件のときの動きと、感想をきくことにしたいな」

と、十津川はいった。

二人の警察官を勝手に選び、それに富永健一郎をつけ加えた。

三人目に、富永健一郎が捜査本部に出頭してきた。

十津川は、笑顔で彼を迎え、

「同じことを、代田《しろた》と、鈴木《すずき》の二人の巡査にきいたんだが、君にも今回の事件のときのことをきかせてほしいんだよ」

と、いった。

健一郎は、痩《や》せぎすで、いかにも神経質な感じの若者だった。

(情緒不安定か)

と、十津川はその言葉を思い出しながら、

「前の二人は、ちょうど、事件のあった、午後二時から三時ごろは、午後の警邏に回っていたといっていた。君も、同じかね？」

と、きいた。

健一郎は、きちんと制服を着、緊張した顔で十津川を見て、

「私も、同じです」

「ここに君の勤務状況を書いたものがあるんだが、五月十六日は、事件のあったヴィラ幡ヶ谷の近くを、君は、警邏しているんだね？」

れば、何をおいても駆けつけています」

「そのとおりですが、犯行がおこなわれているのは、知らなかったんです。知ってい
「しかし、自転車を飛ばせば、遠いところでも二十分でいける場所だ」

「はい」

「他の三件は、君のエリアを外れている」

「私の警邏のエリアですから」


健一郎は、抗議するようにいい、十津川を見つめた。

十津川は、小さく肩をすくめて、

「別に、君を非難しているわけじゃないよ」

「それは、わかっていますが――」

「少し、神経質すぎるんじゃないかね」

と、いってから、十津川は初めて気がついたように、

「君のお父さんは、富永警視監なのか。知らなかったな」

「そうです」

と、健一郎は微笑した。が、その笑顔には、かげみたいなものがちらついていた。

「お父さんが警視監で副総監だと、君も大変だな。いやでも比較されてしまうし、当

然、お父さんは、君に期待するだろうからね。それを辛いと思うことはないかね？」

と、十津川はきいた。

「ありません。父の期待に応えたいと思っています」

健一郎は、硬い表情でいった。

「君は、六月十三日に休みをとっているね？」

と、十津川はきいた。

「はい」

「参考のためにききたいんだが、君たち若い巡査は、休みに何をするんだ？　車でドライブかね？」

「あの日、私は疲れていたので、一日中、家で寝ていました」

「一日中ね。車にはあまり乗らないのか？」

と、健一郎はいった。

「乗りません」

「だが、車は、持っている？」

「はい」

「恋人は？」

「いません」

「そうか。今は、仕事一筋というわけだね？」

「はい」

「女性をどう思う？　嫌いかね？」

と、十津川がきいた。

ふいにきかれて、健一郎は狼狽した表情になり、

「女性は、大事なものです」

「大事なものか。妙な返事だな」

と、十津川は笑ってから、一枚の絵を取り出して、健一郎の前に置いた。水谷寿子のキャッシュカードを使って、五十万円をおろした、大きな帽子をかぶった女を絵にしたものである。

「その女性を知っていないかね？　君の知り合いだと思うんだが」

と、十津川がいうと、健一郎の顔色が変わった。

20

健一郎を帰したあとで、亀井が戻ってきた。

十津川が健一郎に話をきいている間に、亀井は、渋谷区本町の富永邸に出かけていたのである。

「周囲での聞き込みと、それから玄関脇の車庫にある健一郎の車を見てきました」

と、亀井は報告した。

「どんな車だ？」

「中古のチェイサーです。色は、白です」

「車から、何か見つかったか？」

「このボタンが、フロントガラスとワイパーの隙間にはさまっていました」

と、亀井は木製の洒落《しやれ》たボタンを十津川に見せた。

「このボタンは、たしか――」

「柳沼真治のジャンパーの袖《そで》のボタンに似ています。あれは、一つ取れていましたから」

「そうだ。すぐ静岡県警に送って、照合させてみてくれ」

と、十津川はいった。

ボタンはただちに送られ、照合の結果、一致したという返事が、県警から送られてきた。

富永健一郎の容疑は、濃くなってきた。

県警には、健一郎の車、チェイサーの写真が送られ、県警の刑事たちは、伊豆長岡―三津浜―大瀬崎の道路で、目撃者がいないかを調べることになった。

十津川は、水谷寿子のキャッシュカードで五十万円を引き出した、二十五、六歳の女を見つけ出すことに全力をあげた。

「健一郎は顔色を変えたから、知っている女であることは、間違いないんだ」

と、十津川はいった。

「しかし、女を四人も平気で殺す人間に、恋人がいたとは思えませんが」

と、亀井がいう。

「私も、そう思う。彼に女性をどう思うときいたとき、大事なものだと答えた」

「もの――ですか？」

「だから、利用できるものということだと思う」

と、十津川はいった。

同じ交番に、健一郎と一緒に勤務している堀井《ほりい》という巡査を呼んで、十津川は、女の似顔絵を見せた。

堀井は、じっと見てから、

「知っています」

「どういう女だ？」

と、亀井がきいた。

「今年の連休中ですから、五月三日か、四日だと思います。近くのスーパーの店長が、万引した女を連れてきたんです。その女です。私は、ちょうど、警邏に出かけるところでしたので、富永君に、調書を取っておいてくれと、頼みました」

と、堀井はいった。

「その女は、今、どうしているかわかるか？」

と、十津川がきいた。

「死にました」

「死んだ？」

「六月四日の夜だったと思いますが、京王線に飛びこんで、死んだんです。ホームから突き落とされたという噂もありますが、私は、万引のことを苦にして、自殺したんだと思っています」

と、堀井はいった。

健一郎は、万引の件を脅《おど》しに使って、彼女に、水谷寿子のカードで、五十万円を引き出させたにちがいない。そのあと突き落として、殺したのではないのか。

静岡県警から、報告があった。六月十三日の昼ごろ、問題のチェイサーと思える車が、伊豆長岡のガソリンスタンドで給油したと、そこの給油係が証言していると伝えてきた。

その車には、二人の若い男が乗っていたという。

「たぶん、六月十三日には、こういうことがあったんだと思うね。健一郎は、柳沼真治に電話して、君は間もなく、連続殺人の容疑で逮捕される。そうなれば、弁解はきかない。死刑になる。私は君の無実を信じている味方のひとりだ。表の出口には、刑事が見張っているから、裏窓から、とびおりろ。そういって、自分のチェイサーに乗せて、西伊豆へ連れていったんだと思うね」

と、十津川は亀井にいった。

「そのとき、健一郎は、柳沼を車に乗せておいてから、水谷寿子のキャッシュカードと信販カードを、開いた窓から、二階の柳沼の部屋に投げこんだんでしょうね」

「ゴム輪で二枚まとめたのは、一枚ずつでは軽くて、二階まで投げても届かないと思ったからだろう」

と、十津川はいった。

「健一郎を逮捕しますか？」

と、亀井は重い口調できいた。

「その前に、富永副総監に会いたい」

と、十津川はいった。

まず、三上本部長に会って、すべてを話した。

三上の顔に、驚愕《きょうがく》が走る。しばらく考えこんでいたが、

「私から副総監には話せん。君が直接話したまえ」

といって、富永副総監の部屋へ、十津川を連れていった。

十津川は、富永にも、自分と亀井が調べたことを正直に伝えた。

富永は、黙ってきいていた。

十津川が話し終わると、富永は、じっと彼を見すえて、

「君の話が間違っていたら、君を殺すぞ！」

と、激しい口調でいった。

「真実です」

と、十津川はいった。

「逮捕するつもりか？」

「その前に、副総監にお話ししようと思いまして」

「なぜ、私に断る？　犯人だと信じるのなら、逮捕状を請求したらいいだろう」

と、富永がきいた。

「確信はありますが、なぜ、息子さんが、四人もの、いや五人もの女性を殺したのか、そこを知りたいと思ったのです」

「まるで、父親である私に、責任があるみたいないい方だな」

「そんなことは、申しあげていません」

と、十津川はいった。

富永はしばらく黙っていてから、

「今日一日、私に時間をくれ。必ず息子を自首させる。誰にも息子の気持ちはわからん。本人にだって」

と、いった。

「構いません」

と、十津川はいった。

富永は、あわただしく帰宅していった。

「副総監は、辞職されるにちがいないぞ」

と、三上本部長が、十津川にいった。

「私も、そうなさると思います」

と、十津川はいった。

二階座席《シート》の女

1

亀井《かめい》刑事は、JRに、新しい列車が登場するたびに、胃が痛くなる。

小学六年の息子の健一《けんいち》が、鉄道マニアで、雑誌で見ては、一緒に乗りたいと、ねだるからである。

「ママと一緒に乗ってきたらどうなんだ?」

と、いうと、健一は、

「ママは、ぜんぜん、鉄道に興味がないんだ。だから、つき合わせるのは、可哀《かわい》そうなんだよ」

と、生意気なことをいう。といって、ひとりでいかせるのは、亀井も、不安になる。

「『スーパー踊り子号』に乗りたい」

と、いい出した時も、そうだった。

「二日がかりの旅行になるんだろう? そんな休暇は、なかなか取れないぞ」

と、亀井がいうと、健一は、時刻表を調べていたが、

「一日で大丈夫だよ。朝早く家を出れば、終点の下田《しもだ》へいっても、日帰りできるよ」

と、いい、スケジュール表を、書いてきた。

午前八時三〇分新宿《しんじゆく》発──▼一一時〇六分伊豆《いず》急下田着。伊豆急下田一三時三六分発──▼一六時二三分新宿着だという。

それに、家のある三鷹《みたか》までの時間が、プラスされる。

「すごい強行軍だな。下田には、二時間半しかいられないぞ」

と、亀井は、呆《あき》れた顔で、いった。

「それでもいいよ」

と、健一は、あっさりいってから、

「その代わり、お願いがあるんだ」

「何だ？」

「一日でいってくるんだから、宿泊費が浮くわけでしょう。だから、グリーン車にしてもらいたいんだ」

「グリーン車？」

「うん」

「なぜだ？」

「この列車はね、二階建てでね。1号車と2号車は、グリーン車で、そこが、二階建てになってるんだ」

「その二階に座りたいのか？」

「当たり。いきだけでもいいから、二階の座席にして」

と、健一は、いった。

まあ一日の強行軍なら、片道は、多少、ぜいたくをしてもいいだろうと、亀井は、妥協《だきょう》した。

十一月初旬に、珍しく、日曜日に、休みがとれた。日曜日なので、健一を連れていかれる。

息子の希望どおり、1号車の二階のグリーン席を買った。

ただし、朝は大変だった。新宿発八時三〇分に乗らなければならないので、おそくても、七時半には、家を出なければならなかったからである。前日、品川《しながわ》で起きた事件を、午前二時までかかって、やっと解決したから、やたらに眠かった。

健一は「スーパー踊り子号」といっているが、正確には「スーパービュー踊り子号」だった。

その名前の由来《ゆらい》は、実際に、新宿駅の4番線ホームで、列車を見て、亀井にも、納得できた。
1、2号車と、10号車が、二階建てなので、新しい新幹線の「ひかり」のように、その三両だけ、ぴょこんと、背が高くなっているものと思っていたのだが、他の七両も、同じ背の高さなのである。
3号車から9号車までは、一階建てだが、座席は、高い位置にあるのだ。それだけ、スーパービュー（素晴らしい展望）ということらしい。

確かに、子供に人気の出そうな列車だが、四十五歳の亀井は、その未来的なスタイルがなじめなくて、

「なんだ。いも虫みたいなスタイルだな」

と、いって、健一に、睨《にら》まれた。

先頭車の前部が、妙に丸くなっていて、その上、車体がうすいブルーなので、亀井は、どうしても、いも虫を連想してしまうのである。

しかし、ユニホーム姿のビューレディに迎えられて、車内に入ると、さすがに、よく出来ていた。

二階の座席《シート》は、新幹線より間隔が広い感じで、ゆったりとしている。前方の展望は、運転室が一階にあるので、何の邪魔もない。

座席は三列で、亀井は、健一と、二列の側に腰を下ろした。健一は、窓側に座らせたのだが、列車が走り出すと、車内の写真を撮《と》ってくるといって、カメラを片手に、通路へ出ていった。いつものことで、亀井は、ひとりになれたので、リクライニングにして、眼を閉じた。三時間ほどしか寝てなかったので、たちまち、眠ってしまった。スーパービューーも、宝の持ちぐされである。

肩をゆすぶられて、眼を開けた。健一が、ゆすっているのだ。寝ている間に、おしぼりが、配られている。健一が、そのことをいっているのだと思い、亀井は、

「わかってるよ」

と、いい、おしぼりで、顔を拭《ふ》きかけた。

「違うよ」

と、健一は、小声だが、怒ったようないい方で、

「あそこの女の人、変だよ」

と、いい、三、四列前の座席を、指さした。

二列並びの座席の窓側に、若い女が、腰を下ろしていたが、その肩が、小刻みにふるえているのだ。

その女に、亀井は、見覚えがあった。

この列車に乗るために、新宿駅のホームで、待っている時、ひどく目立つ女がいた。

背が高く、顔立ちが派手で、モデルのようだった。が、亀井が、覚えていたのは、そのためだけではない。

日曜日なので、乗客は、家族連れが多く、全体の雰囲気が、なごやかなのに、彼女だけは、孤立して、冷たい雰囲気を感じさせたのである。

その女が、同じ1号車の二階の座席に乗ったので、覚えていたのである。

その女が、今、小刻みに身体《からだ》をふるわせている。

亀井は、立ちあがり、彼女の前に回ってみた。

真っ蒼《さお》な顔で、唇を嚙《か》みしめ、身体をふるわせているのだ。

「どうしました?」

と、亀井が、声をかけた。

返事の代わりに、女は、呻《うめ》き声をあげ、右手に、何かを、握りしめながら、座席から、転《ころ》げ落ちた。

その気配に、近くの座席にいた乗客たちが、立ちあがって、騒ぎ始めた。

「車掌を、呼んできて下さい!」

と、亀井は、大声で、いい、倒れて、動かなくなった女の顔を覗《のぞ》きこんだ。

眼は、瞳孔《どうこう》が開いてしまって、動かない。噛みしめた唇は、破れて、血が吹き出していた。

掌《てのひら》を、鼻に当ててみたが、息をしている気配はなかった。手首を、そっとつまんでみたが、脈も、消えている。

「死んじゃったの？」

と、健一が、声をかけてきた。

「自分の席に、座っていなさい」

と、亀井は、強い声で、叱《しか》りつけた。

車掌が、駆けあがってきた。床に倒れている女を見て、顔色を変え、

「どうしたんですか？」

と、亀井に、きく。亀井は、それには答えず、

「次の停車駅は？」

と、きいた。

「間もなく、伊東《いとう》ですが」

「駅に連絡は？」

「とれますが」

「すぐ連絡して、救急車を待機させておくようにいって下さい。それに、警察にも、連絡するようにいった方がいいですね」

「死んでるんですか？　その人」

「早くして下さい！」

と、亀井は、怒鳴《どな》った。

2

伊東駅着一〇時一一分。

ホームには、救急隊員と、伊東署の刑事が待っていた。

「あなたも、一緒におりてくれませんか」

と、伊東署の刑事がいったが、亀井は、

「あの女性には、関係ありませんし、子供と一緒に、下田までいくことになっていますので」

と、断った。その代わりに、亀井は、自分の名刺を渡した。

「警視庁の方ですか」

と、相手は、びっくりした顔になった。

「今日は、今もいったように、子供のお守《も》りなんですよ。明日は、警視庁にいますから、何かあったら、電話を下さい」

と、亀井は、いった。

「スーパービュー踊り子51号」は、下田に向かって発車した。

健一も、ショックを受けたらしく、終点の下田まで、黙りこくっていたが、帰りの列車では、元気を取り戻して、また、車内の写真を、撮りまくっていた。

亀井が、疲れ切って、三鷹の自宅に帰ったのは、午後六時近くである。

その夜のテレビのニュースで、列車のなかの女性が死んだことを、亀井は、知った。伊東駅でおろしたあと、救急車で病院に運ばれたが、すでに、死亡していたというのである。

〈青酸中毒死とみられ、警察は、自殺、他殺の両面から、捜査を始めました〉

と、アナウンサーが、告げた。

翌日、亀井が、出勤すると、すぐ、上司の十津川《とつがわ》警部と一緒に、捜査一課長の本多《ほんだ》に、呼ばれた。

温厚な本多が、いつになく、厳しい表情をしている。

「今、静岡《しずおか》県警から、電話があってね」

と、本多が、いった。

亀井が、あの事件のことだなと思って、説明しかけると、本多は、それを、手で制して、

「向こうさんは、亀井刑事を、訊問《じんもん》したいと、いってるんだ」

「訊問――ですか？」

と、十津川が、眉《まゆ》を寄せた。

亀井も、びっくりした。参考に、車内の様子でもききたいというのならわかるが、訊問では、容疑者扱いではないか。

「そうだ。県警は、亀井刑事を、重要参考人と考えているらしい」

「冗談じゃありませんよ。私は、車内で、女性が、突然、苦しみ出して、倒れたので、車掌を呼び、伊東駅に、連絡させたんです。警察も呼んだ方がいいといいました。それだけですよ」

「では、死んだ女のことは、まったく知らないんだな？」

「はい」

「女の名前は、片桐《かたぎり》とも子《こ》、二十八歳。その名前にも、記憶はないかね？」

「ありません」

と、亀井は、いった。

十津川が、横から、

「カメさんが、疑われている理由は、何なんですか？　まさか、同じ列車に乗っていたからなんていうんじゃないでしょうね？」

「名刺だそうだよ」

「名刺？」

「それなら、私が、伊東署の刑事に、渡したものですよ。協力してくれと、伊東駅でいわれたんですが、息子と、下田までいくことになっていたので、名刺を渡して、明日にでも、電話してくれと、いっておいたんです」

「その名刺じゃないんだ」

「と、いいますと？」

「死んだ女が、右手に握りしめていたのが、亀井刑事の名刺だといってるんだ」

「まさか――」

「これを、ファックスで、送ってきた」

と、本多は、一枚の用紙を、亀井に見せた。

それには、二枚の名刺が、転写されていた。

どちらも、亀井の名刺である。一枚は、きれいだが、一枚は、くしゃくしゃになったのを引き伸ばして、ファックスしたらしく、折れた線が、いくつも、ついていた。

「両方とも、確かに、私の名刺ですが、私は、死んだ女とは、何の関係もありません。生まれて、初めて、会った女です」

「もちろん、私は、君の言葉を信じるが、静岡県警が、疑問を持っているのでね」

と、本多は、いった。

「カメさんが、嘘《うそ》をいうはずがないじゃありませんか」

と、十津川は、強い調子で、いった。

「それは、そうなんだがねえ」

「県警は、いつ、訊問にくるといってるんですか？」

「今日は、問題の列車の車掌や、ビューレディの話をきき、明日、午前中に、こちらへくると、いっている」

と、本多は、いった。

「逃げ隠れはしませんよ」

と、亀井は、いった。

その日、おそく、家に帰ると、妻の公子《きみこ》が、

「健一の様子が、変なんですよ」

と、亀井に、いった。

「変って、どんなふうにだ？」

「元気がないし、何をいっても、上《うわ》の空《そら》みたいで――」

「昨日、列車のなかで、あんなことがあったからかな。それに、疲れてるんだろう。何しろ、強行軍だったから」

「そう思ってるんですけどねえ。いつもと違うんで、心配なんですよ」

「明日は、大変なんだ。早く寝かしてくれないか。健一のことは、明日、きくよ」

と、亀井は、いった。

次の日の昼前に、伊東署の刑事二人が、やってきた。

一人は、伊東駅のホームで、亀井が、名刺を渡した男である。彼は、青木《あおき》と、自分の名をいい、もう一人の若い方を、森口《もりぐち》と、紹介した。

「私も、立ち会いたい」

と、十津川が、二人に、いった。

青木と、森口の二人は、相談していたが、

「いいでしょう」

と、うなずいた。

訊問は、取調室でおこなわれることになった。

青木刑事が、ポケットから、二枚の名刺を出して、テーブルに置いた。

「問題は、死んだ片桐とも子が、握りしめていた方の名刺です。当然、亀井さんは、前から、ご存じの女性でしょうね？」

「いや、まったく知らない女です」

「それなら、なぜ、この名刺を？」

「わかりません。女が、何か握りしめているのは、気づいていましたが、まさか、自分の名刺だなんて、まったく、知りませんでした」

と、亀井は、いった。

「それは間違いありませんか？」

もう一人の森口刑事が、疑わしげに、きいた。こちらは、若いだけに、自分の感情を、露骨《ろこつ》に示している。

亀井は、むっとしながらも、

「間違いありませんよ」

「しかし、1号車を担当していたビューレディの古賀千賀子《こがちかこ》は、こう証言しているんです。おしぼりを配って歩いた時、あなたと、被害者が、並んで座っていたというんですよ。あなたは、眠っていたが、被害者が、二人分のおしぼりを受け取ったと、いっています」

「馬鹿な！」

と、亀井は、思わず、叫んだ。

「古賀千賀子というビューレディを、前から知っていたということはないでしょう？」

「ありませんよ」

「それなら、彼女が、嘘をつくことは、考えられないから、本当のことを、いっていると、思いますね。彼女の証言では、被害者とあなたは、とても、親しそうに見えたと、いっていますよ」

「冗談じゃない。私は、前日、おそくまで仕事をしていたので、あの列車に乗ってすぐ、眠ってしまったんですよ。おしぼりが配られたのも、知らなかったんです。息子に起こされた時、被害者は、もう、苦しんでいたんです。もちろん、彼女の座席でね」

と、亀井は、いった。

十津川も、それにつけ加えて、

「前日、おそくまで、仕事があったのは、本当ですよ。午前二時近くまでかかって、やっと、殺人事件が解決したんです。それから、家へ帰って、そのまま、朝早く出かけたから、ほとんど、寝ていないはずです。座席で、眠ってしまったのは、当然だと、思いますよ」

と、いった。

「しかし、亀井刑事が、眠っていたとしても、なぜ、被害者が、あなたの隣に座っていたんでしょうか？」

森口は、追及してきた。

「そんなこと、知りませんよ」

「ここに、古賀千賀子の証言が、書いてあります。それを、読みますよ。『亡くなった女の人は、男の人（亀井）の隣に腰を下ろして、ニコニコしながら、男の人の顔を、覗きこんだりしていました。私が、おしぼりを持っていくと、彼女は、二人分を受け取り、彼は仕事で疲れているの、ごめんなさいと、いいました』どうですか？

ビューレディが、知り合いだと思っても、無理はないと思いますが」

「彼女が、一人芝居《しばい》をしたんですよ」

と、亀井は、いった。

森口は、肩をすくめて、

「何のためにですか？」

「わかりませんよ」

「しかも、死んだ時、彼女は、あなたの名刺を握りしめていたんです。この説明は、つきますか？」

「わかりませんが、私が配った名刺を、誰かにもらって、持っていたんでしょう」

「あの名刺は、いつ、作られたんですか？」

と、今度は、青木が、きいた。

「去年の四月に、百枚印刷しました。あまり、使うことがないので、まだ、二、三十枚、残っています」

「すると、去年の四月から、今年の十一月までに、七、八十枚は、配っているんですね？」

「そうです。しかし、亡くなった女性には、絶対に渡していませんよ」

と、亀井は、力を籠《こ》めて、いった。

「それは、間違いありませんか？」

「ええ。渡していれば、そういいますよ」

「亀井刑事の隣の座席は、お子さんの席だったんですね？」

「そうです。子供にグリーン車は、ぜいたくだと思いましたが、鉄道マニアでしてね。どうしても『スーパービュー踊り子号』の二階に乗りたいというので、グリーン車にしたんです」

「被害者が、隣に座っていた時、お子さんはどこにいたんですか？」

と、青木は、きいた。

「今いったように、息子は、鉄道マニアなんです。あの新しい列車に乗ったので、カメラを持って、車内を、見物して回っていたんです。それで、隣が、空《あ》いていたんです」

「しかし、そこに、なぜ、被害者は、恋人みたいな顔をして座っていたんですかね？しかも、あなたの名刺を持って」

若い森口刑事が、皮肉な眼つきで、亀井を見た。

「わかりませんよ。たぶん、空いているんで、座ったんじゃありませんか」

「カメさん」

と、十津川が、注意した。

「わかりました。私は、ずっと眠っていたんで、何が何だか、わからないんですよ。

被害者が、隣に座っていたことも知らないんですよ。だから、すべて、驚くことばか
りなんです」

と、亀井は、いった。

「どうやって、被害者が、毒を飲んだか、わかっているんですか？」

十津川が、二人の刑事に、きいた。

「コーヒーと一緒に、飲まされたのではないかと、いわれています」

と、青木が、いった。

「コーヒーですか」

「1号車の二階の通路から、紙コップが見つかりましてね。それに残っていたコーヒ
ーから、青酸が検出されたんです。車内販売で売っているコーヒーに、青酸を混入し
て、飲ませたのだと思います」

「その紙コップから、指紋が、採《と》れたんですか？」

「被害者の指紋は、出ました。申しわけないが、亀井刑事の指紋を、採って帰り、照

合したいと思っています」

と、青木が、丁寧《ていねい》だが、かたい口調でいった。

亀井は、開き直った顔で、

「好きなようにしてくれていいですが、毒死した女性の身元は、わかったんですか？」

と、逆に、きいた。

「今、調べているところです。本来なら、東京の人間ですから、警視庁に依頼するんですが、何しろ、その警視庁の現職の亀井刑事が、重要参考人になっているので、それが出来ません。それで、まだ、くわしくは、調べていないのですが、モデルあがりのホステスだときいています。亀井刑事も、ご存じのように、人の眼を引く美人です」

「所持品は、何があったんですか？」

と、十津川が、きいた。

青木は、手帳を取り出して、そこにメモしたものを見ながら、

「黒いシャネルのハンドバッグを持っていて、そのなかには、カルティエの赤い財布、これには、二十九万三千円が入っていました。他に、シャネルの化粧品、口紅、

香水などです。運転免許証が入っていたので、身元はすぐわかりました。キーホルダー、これには、三つのキーがついています。ハンカチーフ。カード三枚。クレジットカード、東京のホテルのＶＩＰカード、それと、アメックスですね」

「スーツケースとか、ボストンバッグは、持っていなかったんですか？」

「見つかっていません」

「切符は、どこまでの分でしたか？」

「『スーパービュー踊り子51号』、1号車の二階グリーン車のもので、終点の伊豆急下田までの切符です」

「私の三列前の座席で、死んでいましたが、あそこの席の切符だったんですか？」

と、亀井が、きいた。

「そのとおりです。窓側の席でした」

「連れはいなかったんですか？」

「連れを見かけた人間が、いないのですよ。亀井刑事の他に、彼女の連れがいれば、われわれは、まずそちらに当たってみるんですがね」

「彼女の住所を教えてくれませんか」

と、亀井がいうと、森口刑事が、

「彼女のマンションに、これから、われわれは、いってみることにしています。亀井刑事は、重要参考人ですから、遠慮していただきたいですね」

「しかし——」

「カメさん。私が、この人たちと、一緒にいってくるよ」

と、十津川が、いった。

3

十津川は、自ら、パトカーを運転して、伊東署の刑事二人を、中野《なかの》へ案内した。

中野駅近くのマンションに、被害者片桐とも子の住んでいた部屋があった。

九階建ての703号室である。

エレベーターで、七階にあがり、703号室につくと、青木は、伊東から持参したキーホルダーを取り出した。

被害者のハンドバッグに入っていたものである。

「この一つが、マンションのキーだと思うんですがねえ」

と、青木は、いいながら、キーを試していたが、ドアは、あっさりと開いた。

２ＬＤＫの部屋だった。管理人にきいたところでは、一カ月の部屋代が、二十八万円だという。

「東京では、ぜいたくな広さですよ」

と、十津川は、部屋のなかを見回しながら、二人の刑事にいった。

青木と、森口は、黙って、部屋のなかを調べ始めた。

十津川は、妙に勘《かん》ぐられてはいけないので、見守っていた。

居間の調度品も、三面鏡も、じゅうたんも、すべて、高価な感じだった。

（金のかかる女だったんだな）

と、十津川は、思った。

モデル時代の写真が、何枚か飾ってある。なるほど、背の高い、スタイルのいい女だったようである。

十津川が、その写真を、一枚ずつ見ていると、青木刑事が、

「これを、見て下さい」

と、速達の封書を、差し出した。

三面鏡の上に、のっていたものだという。

宛名は、片桐とも子になっていて、裏の差出人のところには、村田《むらた》法律事務所の名

前が、ゴム印で、押してあった。

中身は、便箋《びんせん》二枚に、ワープロで、次のように書いてあった。

〈前略

二カ月前、あなたに対して暴行を働いた刑事は、こちらで調べたところ、警視庁捜査一課の亀井刑事とわかりました。告訴されるのは、結構ですし、われわれも、協力を惜しみませんが、裁判で争うとなると、暴行の事実の証明が、難しいと思われます。また、あなたは、レイプされた事実が、明らかにされることを、覚悟する必要があります。

それよりも、亀井刑事に、賠償金を払わせた方が、ベターと考えます。電話で、本人に当たったところ、あわてふためいており、出来る限りの賠償はすると、約束しました。

彼は、十一月七日の日曜日、子供を連れて、下田まで、新宿午前八時三〇分発の「スーパービュー踊り子51号」に乗るので、出来ればその車内で、あなたと会い、お詫《わ》びをし、金額について、相談したいといっています。あなたは、これに応じた方がいいと、われわれは、考えます。

ご一考下さい〉

「これで、亀井刑事の動機がはっきりしましたね」

と、青木が、したり顔でいった。

十津川は、二度、読み返してから、

「馬鹿げている」

「どこがですか？」

「カメさんは、レイプなんかしませんよ」

「上司の十津川さんが、否定したいのは、わかりますが、最近、警察の不祥事が、次々に明るみに出ていますからね。警視庁に、似た事件があったとしても、おかしくは、ありませんよ」

と、森口は、いった。

この若い刑事には、警視庁に対するライバル意識があるのかもしれない。

「私は、この手紙を信じませんよ」

と、十津川は、いった。

「それでは、この法律事務所へいって、確かめてみようじゃありませんか」

森口は、挑戦するように、いった。

「いいでしょう。いってみましょう」

と、十津川はいった。

再び、十津川の運転するパトカーで、新宿西口のビルのなかにある法律事務所に回ってみた。

所長の村田弁護士に会って、手紙のことを話すと、

「それは、谷川《たにがわ》君の担当している事件ですよ」

と、いい、谷川弁護士を、呼んでくれた。

六十歳くらいの小柄な男だった。眼鏡の奥から、細い眼で、三人の刑事を見つめて、

「片桐さんが亡くなって、私も、びっくりしています」

と、いった。

「この手紙を書かれたのは、あなたですね？」

と、青木刑事が、きいた。

「そうです」

「これは、事実なんですか？」

と、十津川が、きいた。

「すべて、事実です」

「くわしく話して下さい」

「一カ月ほど前ですかね。片桐とも子さんが、訪ねてみえたんです。私が、話をききました。自分は、現在、銀座《ぎんざ》のクラブSで、ホステスをしているが、二カ月前の夜、店から帰ったあと、自宅で、男に襲われ、レイプされたというのです。相手は、警察手帳を見せ、近くで起きた殺人事件のことで、話をききたいというので、何の疑問も持たずに、男を、部屋に入れてしまった。ところが、男は、豹変《ひょうへん》して、襲いかかってきたというのです。そのあとで、男は、お前はホステスだから、今夜のことを訴えても、誰も、お前の証言なんか、信用しないといったというのです。彼女にしてみれば、ホステスということで馬鹿にされたことが、口惜《くや》しくてならないというわけですよ。私も、権力を笠にきた男のやり方に、腹が立って、調べてみたのです」

と、谷川は、いった。

「なぜ、その男が、亀井刑事と、思ったんですか？」

と、十津川が、きいた。

「それは、三つの理由からです。男が、警察手帳を見せて、部屋に入ったことが一つです。その時、さすがに、名前はいわなかったが、彼女は、それが、本物の警察手帳だと、感じたそうです。彼女は、前にも、警察手帳を、見たことがあるんですよ。もう一つは、彼女が覚えていた人相です。残る一つは、レイプ男が、名刺を落としていったことです。その名刺には、警視庁捜査一課、亀井と書かれていたんですよ。その三つを合わせると、捜査一課の亀井刑事しかいないのですよ」

と、谷川弁護士は、いった。

「それで、亀井刑事に電話をかけて、確かめたというんですか？」

と、十津川は、きいた。

「そうです。片桐とも子さんは、非常に腹を立てていましてね。どうしても、亀井刑事を告発するといっていたんです。しかし、そうすれば、自分も、傷つきますよと、私はいいました。レイプ事件の裁判というのは、私も、二件扱いましたが、たとえ勝訴したとしても、原告も、ずたずたに傷ついてしまうのです。それで、裁判にはせず、亀井刑事に謝罪させ、賠償金というか、慰謝料というか、払わせた方がいいのではないかと、忠告したんですよ。幸い、亀井刑事は、自分の非を認めました。それで、私は、いつ、彼女に会って、謝罪し、賠償金を払ってくれるのかと、亀井刑事にききました。そうすると、彼は、こういいました。私も、刑事として、第一線で働いている。だから、彼女に会うとしても、ひそかに会って、話をつけたい。次の日曜日に、子供を連れ、新宿から『スーパービュー踊り子51号』に乗って下田へいく。その時、彼女も、乗ってきて、偶然、会ったことにしてくれないか。そして、私の方から、先に謝罪し、それを、彼女が認める形にしてほしい、とですよ。私が、立ち会いますかときくと、そうなると、自分が、追い詰められた形になってしまうと、いわれましてね。私は、それなら、彼女を説得してみようと、いったわけです。まさか、亀井刑事が、裏切るとは思いませんでしたからね」

谷川は、肩をすくめてみせた。

「それで、あなたは、片桐とも子に、この手紙を出されたんですね？」

と、青木が、手紙を見せて、きいた。

「そうです」

「なぜ、電話で説得せずに、手紙を出したんですか？」

と、十津川が、きいた。

「電話でも話しましたよ。しかし、彼女は、ホステスですからね。昼間は寝ているし、夜は、店に出ているんです。電話がつながっても、酔っていることが多くて、うまく、話が通じないんです。それで手紙を書いたんです。電話と、両方で、話したんです」

「しかし、亀井刑事から、私は、何もきいていませんがね」

十津川は、眉をひそめていった。とても、信じられなかったからである。

谷川弁護士は、笑って、

「亀井刑事にしてみれば、誰にも知られたくない汚点ですからね。上司のあなたに、喋《しゃべ》るはずがありませんよ」

と、いった。

森口刑事が、うなずいている。そのとおりだと思っているのだろう。

「今の証言を、変えるようなことはないでしょうね？」

と、青木が、谷川に向かって、念を押した。

「私は、弁護士ですよ。自分の言葉には、責任を持っていますよ」

谷川は、胸を、叩《たた》くようにしていった。

村田法律事務所を出て、車に戻ると、十津川は、

「彼、嘘をついていますよ」

と、二人の刑事にいった。

「私は、事実を話していると、思いますね」

と、若い森口が、いう。

「なぜ、そういえるんですか？」

「事件は、あの弁護士が、話したとおりだし、彼は、亀井刑事が、十一月七日に子供を連れて、問題の列車に乗ることを知っていたじゃありませんか。それは、亀井刑事が、話したからですよ」

「信じられませんね」

「十津川さんが、亀井刑事を信じたい気持ちは、よくわかりますが――」

と、青木は、肩をすくめた。

「これは、願望じゃなくて、事実だよ。カメさんは、レイプなんか出来ないよ」

十津川の声が、自然に大きくなった。

「しかし、人間はわかりませんよ。聖人君子《せいじんくんし》に見えても、ある時、突然、劣情《れつじょう》に駆《か》られることがありますからね」

青木は、悟《さと》ったようなことをいった。

（わかったようなことをいうな！）

と、十津川は、腹のなかで叫んだが、それは、声には出さなかった。

警視庁に戻ると、十津川は、亀井を外に連れ出した。

二人で、皇居の周囲を散歩しながら、

「君は、谷川という弁護士を、知っているかね？」

と、きいた。

「その弁護士が、何かしたんですか？」

「君が、警察手帳を見せ、片桐とも子の部屋に、押し入り、彼女をレイプした。そして、逃げる時に、自分の名刺を、落としていったというんだ。それで、君の名前や連絡先がわかったので、片桐とも子に、相談を受けたそうだ」

「じょうだんじゃありません。私はレイプなんか、しませんよ」

「明らかに、カメさんについて、嘘をついている。被害者片桐とも子のことで、電話したといっているんだ」

「私にですか？」

「ああ、そうだ」

「私は、そんな弁護士から、電話をもらったことは、ありません」

「だが、向こうは、電話したと、いっている」

「嘘です」

「そう思うよ。あの弁護士は、嘘をついている。カメさんの不利になるような嘘をね。問題は、なぜかということだ。君が、谷川という弁護士を、まったく知らないとすると、なぜ、あんな嘘をつくのか、わからなくなる」

「谷川ですか――」

「六十歳くらいの小柄な男で、眼鏡をかけている」

「覚えがありませんね」

「毒殺された片桐とも子にも、前に、会ったことがないと」

「そうです」

「そうなるとなぜ、この二人が、君を巻きこむようなマネをしたのかな?」

「私を、罠《わな》にかけるようなことをですか?」

「そうだよ。なぜ、片桐とも子は、君の名刺を持って、死んでいたのか。そして、谷川弁護士だ。彼が、君と無関係なら、なぜ、君のことを、知っていたのか。まして、なぜ君の不利になるような証言をしたのか、なぜ、あんな嘘をついたのか、それが、わからない」

「私は、第一線の刑事で、検事じゃありません。弁護士と接触することは、めったにありませんから」

と、亀井は、いった。

「だが、向こうは、君のことを知っていて、罠にかけるようなことをしたんだ」

「谷川という男の顔を、ひそかに見たいと思います。その法律事務所に、連れていって下さい」

と、亀井は、いった。

十津川は、腕時計に眼をやった。

「すぐいこう。昼休みに、事務所を出てくるかもしれない。あの事務所のあるビルには、食事をする店は、ないようだったからね」

十津川は、タクシーをとめ、亀井と乗りこむと、すぐ、西新宿に向かった。

村田法律事務所のあるビルの近くでおり、二人は、ビルの入口が見える喫茶店に入った。

窓側のテーブルに腰を下ろして、コーヒーを注文した。

「間もなく、十二時だ」

と、十津川が、いった。

附近のビルから、サラリーマンや、ＯＬが、出てきた。昼食をとりに出てきたのだ。

「カメさん。出てきた。二人連れの男の小さい方だ」

と、十津川が、小声でいった。

亀井が、スプーンをとめて、じっと見つめた。

谷川は、同僚の弁護士と、デパートの方へ歩いていった。

「どうだ?」

と、十津川は、亀井にきいた。

亀井は、当惑《とうわく》した表情になって、

「わかりません。ひょっとすると、前に、どこかで、会ったかもしれません」

「前は、まったく会ってないといっていたんだ。それに比《くら》べれば、進歩だよ」

と、十津川は、微笑した。

「進歩ですか?」

「ああ。そうさ。谷川弁護士が、カメさんのことをよく知っていて、カメさんは、向こうを、まったく知らないんじゃ、勝負にならないからね」

「確かに、そうですね」

「このままだと、君は、谷川弁護士の証言で、殺人容疑で、静岡県警に逮捕されてしまう。しかも、君は、レイプした女の口をふさぐために、毒殺したことになってしまうよ。その君が、谷川弁護士のことを、ぜんぜん知らないのでは、どう戦っていいか、わからないんだよ」

「申しわけありません」

「謝るよりも、思い出してくれ」

と、十津川は、いった。

4

伊東署の刑事二人は、亀井の指紋と、谷川弁護士が、被害者に出した手紙、それに、谷川の証言記録を持って、帰っていった。

問題のコーヒーカップに、亀井の指紋がついているはずはないと、十津川は、思う。

だが、それでも、静岡県警は、亀井に対する逮捕状を出すのではないか。

「何とかして、それを防ぎたい」

と、十津川は、亀井に、いった。

「私もです。息子のためにも、何とかしたいんです」

と、亀井は、いった。

「健一君のためというと――？」

「あの日から、彼の様子がおかしいんです。父親である私を見る眼が、普段と違います。どうやら、健一は、私の隣の座席に、片桐とも子が座っているのを、見たようなのです」

「ビューレディは、彼女と、君が、仲よくしているように見えたといっているらしいが」

「健一にも、そう見えたんだと思います。派手な美人が、自分の座席に座って、父親の私に、しなだれかかっていた。ショックを受けるのが当然です。私が知らなかったと話しても、私が逮捕されたら、もう、信じないでしょう」

「逮捕はさせないさ」

と、亀井は、いった。

「しかし――」

「君と谷川弁護士は、前に、どこかで会っているか、何か関係があったんだ。その結果、彼は、君を憎んでいた。そして、片桐とも子を利用して、君を、罠にかけたんだ」

「私が逮捕した犯人の弁護で、谷川が負けたんでしょうか？」

「それなら、相手の検事と、判決を下した裁判官を恨《うら》むよ」

「そうですね」

「とにかく、考えるんだ。まず、この手紙の検討だ」

十津川は、例の手紙のコピーを、机の上に広げた。

封筒のコピーもある。

その消印は、十一月三日になっている。事件のあった四日前である。

「しかし、この手紙が、三日に書かれたとは限らない」

と、十津川は、いった。

「すり替えですか？」

「そうだよ。片桐とも子が、前から、谷川弁護士と交渉があったとすれば、手紙は、何通か出していても、おかしくはない。十一月七日に、列車内で、片桐とも子を毒殺したあと、東京に引き返し、彼女のマンションに入って、手紙をすり替えたんだと思うね。マンションのキーは、前もって、スペアを作っておいたんだろう」

「ただの連絡の手紙を、四日前に出しておけば、三日の消印のついた封筒が、出来あがるわけですね」

「そうだよ」

「しかし、それにしても『スーパービュー踊り子号』で、私を罠にかけたんですから、私が、息子の健一と、十一月七日に、あの列車の二階グリーン車に乗ることは、知っていたはずです。なぜ、知っていたんでしょうか？」

と、亀井が、十津川にきいた。

「健一君から、その列車に乗りたいということは、前からいわれていたんだろう？」

「そうです。一カ月以上前からです。それと、二階のグリーン車にしてくれということをです」

「切符を買ったのは？」

「前日の六日です。今日は、品川の事件が解決するようだというので、あわてて、東京駅にいって、切符を買ったんです」

「たぶん、君は、見張られていたのさ」

と、十津川は、いった。

相手は、東京駅まで尾行し、亀井が、七日の「スーパービュー踊り子51号」の切符、1号車の二階グリーン車の切符を、二枚買ったのを知り、自分たちも、二枚買ったのだろう。被害者のと、犯人のとである。

ここまでは、想像がついた。

「次はレイプだな」

と、十津川は、いった。

「と、いいますと？」

「なぜ、君に、レイプの罪を押しかぶせたかということさ」

「それは、私が警官だからでしょう。法秩序を守るはずの人間が、女を暴行したなんてことは、一番、恥ずかしいですからね」

「確かにそうだ。しかしね。レイプは、証明が難しいし、彼女は、ホステスだ。だから、余計に難しいはずだよ。一般の人も、彼女の方から、カメさんを誘ったと思うかもしれない」

「それは、そうですが――」

「カメさんが、車で人をはねて殺し、それを、片桐とも子が目撃していたのでもいいはずだよ。それで、彼女が、カメさんをゆすっていたので、殺したというストーリィでもいい」

「ええ」

「だが、レイプにした。なぜだろう？」

「――」

「こういうのは、どうだろう？　実際に、彼女は、レイプされていた」

「よして下さいよ」

「君じゃないよ。他の男にだ」

「まったくの第三者にですか？」

「いや、谷川弁護士にだよ」

「しかし、彼は、もう六十歳ですよ」

「六十歳でも、レイプは出来るさ」

「それは、そうですが」

「カメさん。こういうことだって考えられる。片桐とも子は、したたかな女で、弁護士で金のありそうな谷川を、引っかけた。自分の方から誘っておいて、レイプされたといって、谷川を責めた」

「なるほど」

「弁護士としては、命取りになりかねない。そんな噂が立っただけでも、信用を失うからね」

「ええ」

「そこで、谷川は、カメさんに、レイプの罪を着せることを考えたんじゃないかね」

「列車のなかで、彼女が、私の隣に腰を下ろしたりしたのは、なぜなんですか？　犯人に、協力しているとしか思えませんが――」

「片桐とも子も、悪党だということさ」

と、十津川は、いった。

「悪党ですか？」

「彼女は、金が欲《ほ》しかった。だから、谷川弁護士をゆすったりしていた。そこで、谷川は、逆に、金儲《かねもう》けの話を持ちかけた。彼女にね。亀井という刑事を、罠にかけるのを手伝ってくれたら、大金を払うといってね」

「――」

「たぶん、写真を撮られているよ。カメさんは」

「私がですか？」

「君と、片桐とも子がさ。疲れて、正体なく眠っている君の隣に、彼女が腰を下ろし、君にもたれかかって、ニッコリしているのを、犯人が写真に撮る。そうしてくれれば、大金を払うと、いってね」

「息子は、そんなところを、見たのかもしれません」

と、亀井は、いった。

「かもしれないな。犯人は、彼女に、ご苦労さんといって、コーヒーをすすめる。彼女は、緊張から解放されて、そのコーヒーを、喜んで飲んだ。青酸入りのコーヒーをね」

と、十津川は、いった。

5

「しかし、肝心《かんじん》のことが、思い出せません」

と、亀井は、悲しそうに、いった。

「谷川弁護士との関係だね？」

「そうです。彼が、なぜ、私を恨んでいるのか、前に、どこで会ったか、どうしても、思い出せません」

「谷川という男のことを、徹底的に、調べてみよう」

と、十津川は、いった。

「それなら、これから、すぐ――」

と、亀井が、立ちあがろうとするのを、十津川は、手で制して、

「君は、駄目だ」

「なぜですか？　罠にかけられたのは、私ですよ」

「だからだよ。君が、谷川弁護士の周辺を、嗅《か》ぎ回ってみろ。自分に不利な証人の口をふさごうとしているとか、圧力をかけているとかいわれるよ。だから、これは、西《にし》本《もと》刑事と、日《く》下《さか》刑事の二人にやらせる」

と、十津川は、いった。

「では、私は？」

「カメさんは、少し休めよ」

と、十津川は、いった。

西本と日下の二人が、谷川弁護士のことを調べにいくことになった。

「どんな小さなことでもいいから、調べるんだ。いや、違うな。どんな小さなことでも、見逃さずに、調べてきてくれ」

と、十津川は、二人にいった。

西本たちは、その日の夜まで走り回った。弁護士仲間に会い、大学時代の友人に話をきき、税務署や銀行で、彼の資産をきいた。

谷川がよくいくクラブや、バーにも、出向いた。

「どうしても、谷川と、カメさんとの関係は、見つかりませんでした」

と、西本刑事は、まず、十津川に報告した。

だが、落胆している顔ではない。十津川は、それを見て、

「しかし、何か見つけたんだな？」

と、きいた。

「そうです。谷川弁護士の娘と、カメさんとが、接点がありました」

「どういうことなんだ？」

「谷川には、子供が三人います。男の子二人と女の子一人です。奥さんとは、十二年前に離婚していて、その時、男の子は、父親の谷川が引き取り、女の子は、母親が引き取りました。その娘の名前は、母方の姓になって、中村《なかむら》ひろみになっています」

「その中村ひろみと、カメさんとが、どう関係してくるんだ？」

「彼女は、高校を卒業したあと、二年浪人したんですが、大学受験がうまくいかず、グレまして、不良グループとつき合うようになりました」

「今は、何をしているんだ？」

「死んでいます」

「まさか、カメさんが殺したのじゃないだろう？」

「今年の夏、八月二日ですが、深夜に、ボーイフレンドと、車を盗んで、暴走行為をしていたのです。それも、ひどい暴走で、ボーイフレンドは、車を走らせながら、窓から物を投げて、次々に、ショーウインドウを、こわしていったんです。それで、一一〇番が入っていました。その時、たまたま、殺人犯を追って、パトカーを走らせていた亀井刑事が、目の前の彼等の行動を見て、追いかけたわけです」

と、西本が、いう。

「思い出したよ」

と、十津川は、眼を大きくした。

猛スピードで逃げた車は、亀井刑事のパトカーに追われ、コンクリートの電柱に激突した。

運転していた青年は、三カ月の重傷。助手席に乗っていた中村ひろみは、頭蓋骨《ずがいこつ》骨折で死亡した。

〈無謀運転の果て〉

と、新聞は、書いた。

よくあるケースの上、名前が、中村ひろみとなっているので、この事件を、谷川弁護士と結びつけて考えることは、しなかったのである。

「離婚したあと、谷川弁護士は、奥さんには未練はないが、娘のひろみは、可愛《かわい》いと、いつも、いっていたそうです。それだけに、娘の死は、ショックだったと思いますし、カメさんに殺されたように思っていたんじゃないかと、思うのです」

と、西本は、いった。

亀井も、もちろん、この事件を覚えていた。しかし、パトカーで追いかけたことは覚えていても、それが、若い女を死なせてしまったという自覚はなかった。

「あの時、彼等の車を見失ってしまったんです。とにかく、目茶苦茶なスピードを出していましたからね。見失ったあとは、私は、本来の仕事を思い出して、引き返しました。そのあと、彼等が、電柱にぶつかり事故を、起こしたことを知りました。二人が搬送された病院にいくと、男は重傷で女はすでに死んでいました。そこに女の母親が駆けつけてきました。私は取り乱している母親に事情を話し、自分の名刺を彼女に渡したことを、覚えています」

「その名刺を谷川弁護士は、母親から手に入れたんだろう。彼はカメさんが、あの時、追いかけたために、愛娘《まなむすめ》が死んだのだと、決めつけて復讐を誓ったんだろうね」

「それこそ、大変な誤解ですよ」

亀井は、ぶぜんとした顔になった。

「誤解というより、甘えですよ。誰が一番悪いかといえば、死んだ娘なんですが、次に、そんな娘にした親です。それを、カメさんのせいにしてるんです。卑怯《ひきよう》なやり方ですよ」

　と、西本が、いった。

「だが、どうであれ、谷川弁護士は、カメさんが、娘を死なせたと思いこみ、カメさんの名刺を、片桐とも子に持たせて、犯人に仕立てあげようと、カメさんを罠にかけたんだ。それを、何とかしないとな」

　と、十津川は、いった。

「片桐とも子を毒殺したのは、谷川ですよ」

　西本が、決めつけるように、いった。

　十津川は、うなずいて、

「たぶん、そうだろう。だが、どうやって、それを証明できる?」

「谷川を、片桐とも子殺害容疑で、逆に逮捕したらどうですか?」

　若い日下が、十津川を見ていった。

　十津川は、苦笑して、

「そうしたいのは山々だがね。証明できなければ、誤認逮捕ということで、カメさんの立場が、ますます、不利になるよ。われわれが、カメさんを助けようとして、無実の谷川弁護士を逮捕したということでね」

「しかし、このままでは、カメさんが、逮捕されてしまいますよ」

と、日下が、いった。

「わかってるよ」

と、十津川は、いった。

その日のうちに、もっとまずい事態が発生した。

夜おそく、十津川の大学時代の友人で、中央《ちゆうおう》新聞の記者をやっている田島《たじま》から、電話があった。至急、会いたいというのである。亀井刑事のことだといわれて、十津川は、銀座の中央新聞まで、会いに出かけた。

田島は、黙って、大きな茶封筒から、一枚の写真を取り出して、十津川の前に置いた。

十津川の顔が、ゆがんだ。

亀井と、片桐とも子が、並んで、座席に腰を下ろしている写真だった。とも子が、亀井の首に手を回して、ニッコリ笑っている写真である。

しかも、亀井の眼の部分は、黒い線が入っているので、余計に、いわくありげな写真に見えるのだ。

「これを、どこで？」

と、十津川は、きいた。

「うちで出している週刊誌の編集部に、送られてきたんだ。匿名《とくめい》でね」

「眼を消してあるが、これは、君のところで書いたのか？」

「いや、最初から、そうなっていたんだ。メモがついていた」

と、田島はいい、ワープロで書かれた手紙を見せてくれた。


〈十一月七日、下田行の特急「スーパービュー踊り子51号」の車内で、片桐とも子というホステスが殺されたが、その犯人は、驚くべきことに、警視庁捜査一課の現職の刑事、亀井氏と思われている。彼は、被害者を知らないと主張しているが、この写真が、それが、真っ赤な嘘であることを、証明していると思う。彼は、こんなふうにして、女を安心させておいて、毒殺したのだ。マスコミの力によって、このハレンチな刑事に、お灸《きゆう》をすえてもらいたい〉

「週刊誌では、のせたいといっているんだが、おれは、押さえたんだ。間違っていたら、大変なことだし、この匿名の主《ぬし》も、何となく、うさん臭いんでね」

と、田島は、いった。

「助かったよ」

と、十津川は、いった。

「亀井刑事とは、君の紹介で会ったことがあるが、浮気をかくすために、女を殺すとは、思えないんでね」

と、田島は、いってから、

「うちは、おれが押さえたが、こういう相手は、他のマスコミにも、同じものを送っている可能性があるよ」

「のせると思う週刊誌は、想像がつくかい？」

と、十津川は、きいた。

「新聞社系の週刊誌はうちと同じで、ためらうんじゃないかな。新聞の信用というのが、あるからね。出版社系の週刊誌は、のせるところが多いんじゃないかな」

「一番早く出る週刊誌は？」

「明後日に出る週刊Nだな。これは、もし、写真を送っていれば、必ずのるよ」

と、田島は、いった。

「明後日か」

「明後日の午後に出る」

と、田島は、いった。

「頼んで、押さえてくれないかな？」

「駄目だね。のせないでくれなんていったら、これは、本当だなと思って、逆に、のせる会社だよ」

と、田島は笑った。

6

十津川は、警視庁に戻ると、部下の刑事たちを集めて、コピーしてきた写真を、見せた。

「明後日の午後になると、これをのせた週刊Nが、出てしまうと思われる。だから、それまでに、絶対に、事件を解決しなければならない」

と、十津川は、いった。

「あと二日ありますね」

と、西本は、いった。

「眼を消してあると、余計に、生々《なまなま》しいなあ」

と、いったのは、日下だった。

「犯人は、知能犯だよ。もし、眼を消してなければ、カメさんが、寝ていて、女の方が、勝手に、ひとり芝居をしているとわかるんだが、こうしてあると、カメさんも、喜んでいるように見える。顔を隠してやっていると見せかけて、真実を隠してるんだよ」

十津川は、腹立たしげに、いった。

「それにしても、カメさんは、いい思いをしたんですねえ」

と、清水《しみず》刑事が、感心したように、いった。亀井は、苦笑して、

「私は、何も知らずに、グースカ、眠っていたんだ」

「この写真を撮ったのは、誰かな？」

と、十津川が、呟《つぶや》いた。

「そりゃあ、決まっていますよ。谷川弁護士ですよ。彼が、同じ列車に乗っていて、片桐とも子に、こんな芝居をさせ、写真を撮ったんじゃありませんか？」

と、西本が、いう。

「そのあと、ご苦労といって、青酸入りのコーヒーをすすめて、殺したか」

「そうですよ。何とか、谷川が、同じ列車に乗っていたことを証明できれば、それが、解決の糸口になるんじゃありませんか？」

と、西本が、十津川に向かっていった。

「谷川の写真は、手に入れてあるか？」

「大丈夫です」

と、日下が、いった。

「では、明日、あの列車に乗務していた車掌と、ビューレディに会って、彼の写真を見せてくれ」

と、十津川は、いった。

「私は、これから、家に帰って、息子の撮った写真を、見てきます。今、あの時のことを思い出していたんですが、眠る前に、車内を見た時、写真を撮っている人間は、ほとんどいなかったんです。私の息子は、車内を飛び回って、写真を撮っていました。だから、ひょっとすると、谷川弁護士が、写っているかもしれません」

と、亀井は、いった。

亀井は、家に帰ると、妻の公子に、小声で、

「健一は、どうしてる？」

と、きいた。

「もう寝ましたよ」

「相変わらず、様子は、おかしいか？」

「ええ」

「この間の旅行の写真は、もう、出来てきてるんじゃないのか？」

と、亀井は、きいた。

いつも、健一が一緒に旅行した時は、写真は、彼が撮り、帰ると、さっさと、DPEに持っていっていたからである。

今度の「スーパービューー踊り子51号」でも、健一が、写真を撮りまくっていたから、帰ってすぐ、DPEに出していると、思っていたのだ。

「それが、まだ、出来てないみたいですよ」

と、公子が、いう。

「おかしいな」

「いつもなら、自慢そうに、見せてくれるのに、今度は、違うんですよ。みどりが、早く見せてっていったら、今度は、写真を撮ってこなかったんだって、怒ったみたいに、いってましたけど」

「そんなことを、いってるのか」

「何かあったんですか？」

公子が、心配そうに、きいた。

亀井は、これ以上、妻に黙っているわけにはいかないと思い、自分が、疑われているることを、打ち明けた。

「知らないうちに、谷川弁護士に、恨まれていたというわけなんだ。ひどいもんだが、今のところ、反証が見つからないんだよ。健一の撮った写真のなかに、ひょっとして、谷川弁護士が、写っていないかと思ってね。もし、写っていれば、彼が、片桐とも子を殺した可能性が出てくる」

と、亀井は、いった。

「健一は、フィルムを、どこへ置いてあるのかしら？」

公子は、呟きながら、そっと、子供たちの部屋を、覗きこんだ。

六畳の洋室に、兄妹の机と、ベッドが入っている。

「捜《さが》してみましょうか」

と、公子が、いった。

二人で、そっと、子供たちの部屋に入り、健一の机の引き出しや、服のポケットを捜してみるのだが、フィルムは、見つからなかった。カメラは、壁にぶら下がっていたが、そのなかにも、フィルムは、入っていないのである。

（捨ててしまったのだろうか？）

もし、そうなら、健一の写真に、何か手掛かりをと思ったのだが、諦《あきら》めなければならないだろう。

翌朝、いつもは、時間帯が違うので、子供たちが寝ている間に、亀井は、出勤してしまうのだが、今日は、どうしても、写真が見たくて、健一を、起こした。

「列車の車内を写した写真が、必要なんだよ。どこにあるんだ？」

と、亀井は、きいた。が、健一は、熱のない顔で、

「ないよ」

「ないはずはないだろう。列車のなかで、カメラを持って、飛び回ってたじゃないか」

「あの日は、写さなかったんだ」

「どうして？　いつも、フィルムの二本も、三本も写すじゃないか」

「あの日は、フィルム入れるの忘れちゃったんだよ」

と、健一は、面倒くさそうにいい、そっぽを向いてしまった。

亀井は、だんだん、腹が立ってきた。見えすいた嘘と、思ったからである。健一は、小心なところがあって、明日、どこかへ出かけるという時には、前の日の夜、きちんと、用意をするのだ。フィルムだって、ちゃんと、カメラに入れてから寝るのを、亀井は、知っている。

「いい加減にしろ！」

と、亀井は、怒鳴りつけ、そのまま、家を出てしまった。

おかげで、定期券を忘れてしまい、久しぶりに、切符を買って、電車に乗る破目《はめ》になった。

十津川は、片桐とも子と、谷川弁護士の関係を、調べさせた。

谷川は、彼女が、亀井にレイプされたので、告訴したいといい、その相談にのっていたと、いっている。つまり、弁護士と、依頼人の関係ということである。

しかし、十津川は、そう見てはいない。もし、彼女が、レイプされたのなら、その相手は、谷川弁護士ではないのかと、思っていた。

西本たちは、彼女のことを、もう一度、徹底的に調べ直した。

その結果、一つのことが、印象づけられた。それは、銀座のクラブで働く同僚のホステスたちの、彼女についての証言である。

片桐とも子が、レイプされて、告訴について弁護士に、相談していたというと、ホステスたちは、一様《いちよう》に、笑い出した。

「それ、何かの間違いじゃないの」

と、ホステスの一人は、西本に、いった。

「なぜだ？」

「そんな純情というか、純粋な女じゃないわよ。彼女が、引っかけたというんならわかるけど」

と、そのホステスは、いった。彼女のマンションできいたのだから、嘘ではないだろう。他のホステスや、ママや、マネージャーに、気を遣《つか》うことはないからである。

「彼女が引っかけたというと、前にも、そんなことがあったのかね？」

と、西本は、きいてみた。

「これは、きいた話なんだけど、彼女、土地成金《なりきん》のおじいさんを引っかけて、一千万ばかり巻きあげたって、きいたことがあるわ」

「どんなふうに、引っかけるんだろう？」

「古典的な方法みたい」

「古典的？」

「よくあるじゃないの。愛し合ってるように振る舞っておいて、二人だけの写真を撮るのよ。男の方は、ニヤついて、裸で抱き合ってる写真だって、喜んで撮らせるわ。その写真で、ゆするわけ。特に、相手が、妻帯者で、まじめな仕事をしていれば、何百万か何千万か、取れることになるのよ。土地成金のおじいさんも、市会議員だったから、スキャンダルが怖《こわ》くて、一千万ばかり、払ったんだと思うわ」

「そういう前科があれば、レイプされたんで、告訴するというのは、おかしいね」

「そんなヤワな女じゃないって」

と、そのホステスは、いった。

もう一つは、片桐とも子が働いていたクラブに、谷川弁護士が、客として、きたことがあるかどうか、ホステスの一人一人に、きいて回った。谷川の顔写真を見せてである。

クラブで、ナンバーワンといわれるホステスが、谷川を覚えていた。

「四、五人で、見えたんだと思うわ。その後、一人できたこともあったけど、一人の時は、彼女が、ぴったり、くっついていたみたいね」

と、ナンバーワンのホステスは、いった。

「それは、谷川弁護士が、彼女を、気に入っていたからかな？」

「それもあるだろうけど、彼女が、谷川さんのことを、いいカモだと、思ったんじゃないかしら」

と、相手は、笑った。

「いいカモというのは？」

「谷川さんね。自分で、大変な財産家だといっていたからだわ。それに、弁護士なら、悪い相手じゃないと、思ったんじゃないかしら」

「財産家というのは、嘘だと思うけどね」

「それなら、彼女、欺《だま》すつもりで、欺されたんじゃないかな」

と、相手は、いった。

7

どうやら、これで、レイプ云々《うんぬん》という話は、嘘と、わかった。亀井はもちろん嘘だが、谷川弁護士が、レイプしたのでもないようだった。

片桐とも子が、金になると思って、谷川弁護士に近づいたというのが、真相とみていだろうと、十津川は、思った。

問題は、そのあとである。

とも子が、古典的な方法で、谷川をゆすったとする。つまり、写真を使ってである。弁護士は、一応、正義の味方だから、スキャンダルは、命取りになりかねない。

といって、谷川の家が、資産家だという話は、きいていないから、谷川は、今度は、彼女を欺してやろうと、考えたのではないか。

「例《たと》えば、一千万やるから、ちょっとした芝居をしてくれと、谷川は、片桐とも子に、いったんじゃないかね」

と、十津川は、亀井に、いった。

「私に抱きついてみせることですか？」

と、亀井は、例の写真を、思い出しながら、いった。

「そうだよ。まず、十一月七日の『スーパービュー踊り子51号』に乗ること。そして、車内で、君と親しくしているように、振る舞うことをね」

「私が、寝ていなかったら、どうするつもりだったんですかね？　それに、私の息子が、席を離れなかったら、どうする気だったんでしょう？」

と、亀井が、きいた。

十津川は、笑って、

「相手は、男に対しては、ベテランのホステスだよ。そこは、臨機応変《りんきおうへん》にやるはずだったんだろうさ」

「そうでしょうね」

「そして、谷川が、写真を撮る。そのあと、ご苦労さんといって、青酸入りのコーヒーを渡す。彼女は死に、谷川は、列車からおりてしまうということだよ」

と、十津川は、いった。

「やはり、あの列車には、谷川が、乗っていたんですね」

「写真を撮ったり、毒入りのコーヒーを飲ませるのを、他人に委《まか》せたりはしないよ。失敗したら、命取りになるからね」

と、十津川は、いった。

「何とかして、谷川が、あの日、あの列車に乗っていたことが、証明できればいいんですが」

「息子さんの写真は、どうだったの？」

と、十津川が、きいた。

亀井は、首を振って、

「それが、どうも、息子の機嫌《きげん》をそこねてしまいまして」

と、いった。

「息子さんの写真が、駄目だとすると、他に写真を撮った乗客を捜すよりないか」

「そうですね」

「その場合は、見つかっても、あまり期待は、持てないかもしれないよ」

「なぜですか？」

「息子さんなら、カメさんのことを写していると思うが、他人なら、カメさんの周辺は、撮らないから、近くに、谷川弁護士がいても、写してないだろうからね」

と、十津川は、いった。

「ただ、息子が、私の周辺を撮っていたので、まずいことになっているんですよ」

と、亀井は、いった。

「逆にいえば、期待は、持てるということだな」

「そうですが、怒って、捨ててしまっているかもしれません」

と、亀井は、悲し気《げ》にいった。

その時、若い警官が、入ってきて、亀井に、紙袋を渡した。

なかを覗くと、フィルムのパトローネが三本と、メモが、入っている。メモには、

妻の公子の文字で、

〈健一が、出してくれました。　〈公子〉

とだけ、書いてあった。

亀井は、すぐ、三本のフィルムを、現像してもらうことにした。時間がないので、急いでもらった。

現像し、引き伸ばされた百枚を超す写真を、机の上に並べて、十津川と、亀井が、一枚ずつ、見ていった。

鉄道マニアの健一らしく、写真の大部分は、列車そのもので、乗客は、写っていなかった。

列車の正面、側面、二階のグリーン席にいく階段、10号車のプレイルーム（子供部屋）、1号車のサロン室などの写真である。

残りの十六枚には、乗客が、写っていた。なかには、片桐とも子が、亀井の隣に、腰を下ろしている写真もあった。カメラを向けたのが、子供だったせいか、とも子は、眠っている亀井の肩に手を回し、片手で、Vサインしている。

（これで、健一は、つむじを曲げたんだな）

と、亀井は、思った。

ビューレディを、写しているものもあった。だが、谷川が写っている写真は、見つからなかった。

「ありませんね」

亀井は、がっかりした顔で、いった。

「もう一度、見てみようじゃないか」

と、十津川はいい、人間が写っている写真だけを、一枚ずつ、もう一度、調べていった。

列車の前で、記念写真を撮っているグループは、その一人一人の顔を、虫めがねで見た。そのなかに、谷川がいるかもしれなかったからである。

だが、いなかった。どの顔も、谷川ではなかった。

「ないねえ」

と、今度は、十津川が、溜息をついた。

「残念ですが、谷川は、自分が見つかっては困るので、カメラのなかに入らないようにしていたんだと思います」

と、亀井は、いった。

「そういえば、そうだな」

と、十津川は、うなずいていたが、突然、立ちあがると、

「カメさん。谷川弁護士に会いにいこう」

「しかし、当事者の私が、直接会うのは、まずいんじゃありませんか？」

「いや、構わないさ。会って、文句をいってやりたまえ」

と、十津川は、いった。

タクシーで、村田法律事務所にいき、谷川弁護士に会った。

「亀井です」

と、名乗ると、さすがに、谷川は、気まずそうな顔になったが、それでも、

「あなたには、申しわけないが、事実は、曲げられないので――」

と、いった。

「なぜ、嘘をつくんですか？　私は、片桐とも子という女は、まったく知りませんでしたよ」

と、亀井は、谷川の顔を、睨《にら》むように見た。

「レイプした女を、知らないというのは、まあ、無理もありませんがね」

「何だと！」

と、思わず、亀井が、怒鳴るのを、十津川は、手で制して、

「カメさん、帰ろう」

と、いった。

法律事務所を出たところで、亀井は、

「警部」

「何だい？」

「あれだけのために、谷川に会いにいったんですか？　他に、用があったんじゃないんですか？」

と、亀井は、思わず、文句をいってしまった。

十津川は、笑って、

「用は、すんだんだよ」

「どんな用ですか？」

「戻ってから、話すよ」

と、十津川は、いった。

警視庁に帰ると、十津川は、もう一度、机の上の写真を、見ていった。

「カメさん」

と、十津川が、急に興奮した声を出した。

「何です？」

「谷川は、やっぱり、乗っていたんだよ」

「そうでしょうが、写真がなければ、どうしようもありません」

「あるよ。ここに、ちゃんと写っているよ」

と、十津川は、一枚の写真を、指さした。

亀井は、変な顔をして、

「これは、1号車の二階のグリーン車ですが、後方から、前部の展望を、撮った写真ですよ。人間は、一人も、写っていませんよ」

「写っているじゃないか。手前に、大きく、人間の左手が写ってるよ」

「これは、座席に置いている乗客の左手ですが、顔は、写っていませんが」

「そうさ。だが、その左手をよく見てみたまえ。指先をだ。小指に、指輪をはめている。それも、面白い模様のついた金《きん》の指輪だよ。花の模様が、彫《ほ》りこんであるんだ。これは、すずらんだ」

「そういえば、すずらんみたいですが」

「それで、今日、谷川に、会いにいったんだ。カメさんが、喋っている間、私は、彼が、左手の小指にはめている指輪だけを見ていた。間違いなく、これと同じ指輪だったよ」

十津川は、きっぱりと、いった。

「それなら、もう間違いありませんね」

「もう一つ、写真の左手の手の甲に、小さい傷が、見えるだろう。明らかに、ナイフか何かで切った傷だ。治ったが、傷痕が、残ったというやつだ」

「その傷も、ありましたか？」

亀井が、きくと、十津川は、嬉《うれ》しそうに、

「ピンポーン」

と、おどけて、いった。

8

問題の写真はさらに、大きく引き伸ばされた。

左手の指輪と、傷も、大きく、はっきりしてきた。

それに、よく見ると、前から、何番目の座席かも、わかってくる。

前から五列目の、通路側の座席である。

亀井の顔が、輝いた。

「片桐とも子が、死んだ座席は、前から五列目でしたよ。窓側でしたが」

「つまり、最初、谷川は、彼女の隣に、腰を下ろしていたんだよ。それから、彼女を、君の隣に座らせて、写真を撮り、そのあと、毒入りコーヒーを、飲ませた。そして、君の名刺を、片桐とも子の手に握らせ、犯人は君だと、思わせようとしたんだ」

「そう思います」

と、亀井は、うなずいた。

「しかし、車掌は、片桐とも子の顔は、覚えていたが、その隣の男が、谷川だとは、覚えていなかったんじゃありませんか？」

と、いったのは、西本刑事だった。

十津川は、笑って、

「それでいいんだよ」

「というのは、どういうことなんですか？」

「谷川弁護士が、素顔で乗ったとは、思わないんだよ。とにかく、車内で、片桐とも子を毒殺するんだからね。だから、きっと、変装して、乗っていたと思うよ。かつらをかぶるとか、眼鏡を変えるとか、つけひげをするとかね。だから、健一君の写真に、谷川の顔が写っていなくて、かえって、よかったんだよ。もし、写っていても、谷川と、わからなかったかもしれないからね。この左手の写真の方が、谷川であることの証明になるし、彼は、絶対に、写真に撮られていないという自信があるんだろう」

と、十津川は、いった。

「これから、どうしますか？」

西本がきいた。

十津川は、ニッコリして、

「もちろん、逮捕する」

と、いった。

十津川たちが、逮捕令状をとって、村田法律事務所に出向くと、谷川弁護士は、眼をむいた。

「部下の亀井刑事を、かばいたい気持ちはわかりますが、証人の私を逮捕して、口封じを図《はか》るのは、卑劣《ひれつ》すぎませんか？」

と、谷川は、いった。

村田所長も、十津川を睨んで、

「谷川弁護士は、事件の日、自宅で、寝ていたんですよ。風邪をひいてですよ。それが、なぜ、車内で、被害者を、毒殺できるんですか?」

「谷川弁護士は、乗っていたんですよ」

と、十津川は、いい、問題の写真を見せた。

十津川が、写真の左手について、説明していくにつれて、村田所長の顔色が、変わっていった。

谷川弁護士は、不安気《ふあんげ》に、村田を見ている。

十津川が、写真に写っている指輪について、説明を始めると、村田の表情は、さらに暗くなっていった。

(この所長は、谷川の指輪のことを、よく知っているんだ)

と、十津川は、思った。

「私は、関係ない。七日は、家にいたんだ。『スーパービュー踊り子51号』には、乗ってなかったよ」

と、谷川は、大声で、わめいた。

今まで、谷川を擁護《ようご》していた村田は、急に、冷たい口調で、

「谷川君。黙っていたまえ」

と、突き刺すように、いってから、十津川に、

「彼が乗っていたとして、なぜ、亀井刑事を罠にかける必要があるんですかね？」

と、きいた。

谷川も、力を得たように、

「そうだ。私には動機がない。私は、前から亀井刑事を知っていたわけじゃないんだから」

と、いった。

「谷川さんの娘さんのことが、動機だと思っていますよ」

と、十津川は、いい、谷川の離婚のこと、母親についた娘が、グレて、青年と車を盗み、暴走して、死亡するまえ、その車を追ったパトカーに、亀井が乗っていたことを、話していった。

今度は、谷川本人の顔が、急速に、蒼ざめていった。

「あんな娘のために、なぜ、私が、仇《かたき》を討《う》たなければならないんだ！　私のことなんか、馬鹿にしていた娘のために、なぜ私が――」

谷川の声が乱れ、急に、泣き出した。

十津川も、気づかなかったのだが、谷川弁護士にとって、一人娘の存在は、アキレス腱《けん》だったらしい。恐らく、彼女を、谷川は、溺愛《できあい》し、同時に、憎んでいたのだろう。

だから、十津川が、彼女のことに触《ふ》れたとたんに、谷川は、激しく動揺してしまったのだ。

「わかりました」

と、村田所長は、かたい表情で、十津川にいった。

そんな所長の態度に、谷川は、狼狽《ろうばい》した顔で、

「所長。妥協《だきょう》しないで下さい。私は、別れた家内も、娘も、愛してなんかいませんでしたよ。あんな娘のために、仇討ちなんかしませんよ！」

と、甲高《かんだか》い声をあげた。

「谷川君」

と、村田は、抑《おさ》えた声で、呼びかけて、

「私はね。君がいつも、若い女の写真を、机のなかに入れているのを、知っているんだよ。あれが、君の娘さんの写真なんだろう？」

「――」

「十津川さん」

と、村田は、十津川の顔を見て、

「私が、谷川君の弁護を引き受けますよ。今度は、馬鹿なことをしたが、いい奴ですからね」

と、いった。

＊

谷川弁護士を逮捕したあと、十津川は、静岡県警にも、この間の事情を、電話で説明した。

最初は、驚き、疑問を持って、質問をぶつけてきたが、最後には、納得してくれたようだった。

十津川は受話器を置くと、今度は、亀井に向かって、

「これで、事件は終わったが、カメさんは、当分、健一君に、頭があがらないね。彼の写真がなかったら、なかなか、カメさんの無実を証明できなかったはずだからね」

と、いった。

「そのとおりです。今回は、息子に助けられました」

と、亀井は、いった。

この日、家に帰る途中、亀井は、新宿でおりて、カメラ店に寄った。

息子の健一は、三年前に買い与えたカメラを使っていて、毎年のように、新しいカメラが欲しい、列車の写真を撮るのに、望遠レンズつきのカメラが欲しいと、いっていたのを、思い出したからだった。

まだ、年末のボーナスには、間があるので、高いカメラは買ってやれない。だから、カメラを安く売るという専門店に、やってきたのである。

「望遠レンズのついているカメラが、欲しいんだがね。多少、旧式でもいいんだ」

と、亀井は、店員にいった。

普通と、望遠の二とおりに切りかえられるカメラがあると、店員は、いった。そのなかから、去年に発売されたものを、三割引で買って、家に帰った。

だが、健一は、もう寝てしまっていた。

亀井は、メモ用紙に「写真をありがとう。おかげで、パパは、助かった。これは、そのお礼だ」と、書いた。

「これを、明日、健一に渡しておいてくれ」

と、亀井は、妻の公子に、いった。

偽《いつわ》りの季節　伊豆長岡《いずながおか》温泉

1

朝食のあと、その客は、

「散歩にいってきます」

と、仲居《なかい》に、いった。

仲居は、笑顔で、

「いっていらっしゃいませ」

と、いってから、

「昨日、お願いしておいた色紙なんですけど――」

「ああ。ちゃんと書いて、テーブルの上に置いておきましたよ」

と、客は鷹揚《おうよう》な態度でいい、旅館を出ていった。

仲居は、テーブルの上に、眼をやった。昨日、夕食の時に頼んでおいた四枚の色紙が、きちんと重ねて置かれていた。

秋深し　伊豆長岡《いずながおか》温泉

十月二十九日

早川克郎《はやかわかつろう》

K旅館様

色紙には、達筆で、そう書かれている。仲居は、筆ペンでもマジックペンでも結構ですといって、二つを並べて置いておいたのだが、四枚の色紙はすべて筆ペンで書かれている。

宛名《あてな》も、こちらで頼んでおいたとおり、この旅館宛、女将《おかみ》宛、仲居宛、板長《いたちょう》宛と、きちんと書きわけてある。

仲居はほっとして、その四枚を持ち、女将のところへ持っていった。

女将の木下《きのした》みずえも、ニッコリして、

「早川先生って、字もお上手ねえ」

「あの先生って、そんなに偉《えら》い方なんですか?」

「知らないの?」

「名前は、知ってるんです。だからわたしも、一枚書いていただいたんですけど

――」

「N賞をおとりになった偉い作家の先生よ。『海辺の愛と別れ』という連続ドラマが

あったでしょう? 確か、あの原作を書いた先生だと思うわ」

「あのドラマ、好きだったんですよ」

「ここには、取材にきてらっしゃるみたいなことを、おっしゃってたわ」

と、女将は、いった。

早川が、このK旅館に着いたのは、昨日十月二十九日の午後である。

三日間、世話になりますと、早川は丁寧《ていねい》に、いっていた。

この旅館では、一番上等な部屋で、露天風呂のついた桂《かつら》の間に、案内してある。

朝食のあと外出したのは、木下みずえのいうように、次に書く小説の取材に出かけたのかもしれない。

昼すぎに、外から電話がかかった。

「S出版ですが、早川先生が、そちらに泊まっているという噂《うわさ》があるんですが、本当ですか?」

と、男の声が、きく。

その電話には、みずえが出て、

「昨日から、泊まっていらっしゃいますけど」

「いつまでの予定ですか?」

「十一月一日までの予定になっておりますわ。今は、外出なさっていますけど」

「帰られたら、すぐS出版の前田《まえだ》まで電話を下さるように、伝えてくれませんか。大事な用件だといって下さい」

と、相手はいって、電話が切れた。

夕方になって、外出から帰ってきた早川に、みずえが伝えると、早川は渋面《じゆうめん》を作って、

「困ったな。今度かかったら、急用が出来て帰ったといって下さい」

「構わないんですか？」

「ええ。構いませんよ。それから、今夜、女性が訪ねてくるはずなので、きたら、私の部屋に通して下さい」

と、早川は、いった。

「その女の方も、今日、お泊まりになるんですか？」

「いや、泊まらずに帰ります」

と、早川は、いった。

夕食がすみ、午後九時を過ぎた頃、二十七、八歳の女が、早川を訪ねてきた。

女将のみずえは、いわれていたことなので、仲居に彼女を桂の間に案内させた。

仲居は、戻ってくると、

「どういう女の人なんでしょうね？」

と、興味しんしんという顔で、女将にきいた。

「さあ――」

「なかなか、きれいな人でしたよ」

「ええ。そうねえ」

「早川先生の彼女じゃありませんか？」

「彼女って？」

「奥さんに内緒で、この伊豆長岡で、こっそり会うみたいな――」

「もしそうだったら、色紙をお願いしたりして、悪かったかしらねえ」

と、女将は、いった。

2

早川は、女は泊まらないで帰るといっていたが、夜半を過ぎても、帰る様子はなかった。

といって、部屋を覗きこんできくわけにもいかないし、もともとお忍びで、この伊豆長岡で会っているのではないかという思いがあるので、女将のみずえは放っておいたし、仲居にも桂の間に近づかないように釘《くぎ》を刺しておいた。

朝になって、仲居は桂の間に出向いた。朝食は八時半になっていたからである。

「お二人を見ても、気まずい思いをさせては駄目よ」

と、仲居は、女将にいわれている。

早川にしても、最初はすぐ帰すつもりだったが、つい泊めてしまったのだろう。仲居だって、そのくらいの察しがつくから、部屋の外から、

「お早《はよ》うございます」

と、わざと大きな声で呼びかけた。

ドアをノックしてみたが、なかから返事はない。

(温泉へ入りにいったのだろうか?)

と、仲居は思いながら、マスターキーでドアを開けた。

桂の間には小さな露天風呂がついているのだが、広い大浴場に朝入りたくて、女と一緒にいっているのかもしれない。

「お早うございます」

と、もう一度、声をかけて、仲居はなかに入った。

この部屋は、和室と洋室があり、洋室にはツインベッドが置かれ、布団のいい客には、和室の方に布団を敷くことになっていた。

和室を覗くと、テーブルに昨日の夕食が、片づけられずにあり、何本もの缶ビールが空《から》になっていた。女がきてから、冷蔵庫の缶ビールを空《あ》けたのだろう。

仲居は、窓のカーテンを開ける。

晩秋の柔らかな陽《ひ》が、射《さ》しこんできた。

どうやら早川と女は、洋室の方で休んだらしい。

(まだ寝ているのなら、起こしたものかどうか)

と、仲居は、考えてしまった。

このK旅館では、朝食は午前八時半が最後になっている。

仲居はテーブルの上を片づけながら、時々腕時計を見た。今、八時五分だから、片づけたら、朝食をここに運ばなければならない。

女の人の朝食も、用意しなければいけないのだろうか?

とにかく、客が起きてきてくれないと、そんなこともきくことが出来ない。

テーブルの上を片づけ終わっても、早川も女も、起きてこない。三階にある大浴場へいっているのでもなさそうである。

仲居は、洋室のドアをノックして、

「お客さま。朝食の時間ですので、料理を運んでよろしいですか？」

と、声をかけた。

それでも、起きてくる気配はなかった。洋室にずかずか入っていくのもはばかられて、仲居はいったん部屋を出て、桂の間に電話をかけた。電話機は和室と洋室の両方にあって、洋室のものは枕元のテーブルに置いてあるから、いやでも眼がさめるだろうと考えたのである。

一回、二回と鳴らしてみたが、早川も女も、出る様子がない。

ここまできて、仲居は急に不安になって、女将に相談した。

女将のみずえも、蒼《あお》い顔になった。彼女が最初に考えたのは、心中という言葉だった。妻に内緒で、取材ということで伊豆長岡にやってきて、ひそかに女と会った。その結果の心中、いや無理心中かもしれない。

みずえは、あわてて、仲居と一緒に桂の間にいき、洋室のドアをノックしながら、

「ドアを開けますよ！」

と、大声で、いった。

返事がないままに、ドアを開ける。洋室の厚いカーテンは閉まったままで、枕元のスタンドしか点《つ》いていないので、部屋は薄暗かった。

みずえは、眼をこらすようにして、ツインベッドを見た。

片方のベッドは、使わなかったとみえて、きちんとセットしたままになっている。

もう一つのベッドに、毛布をかぶるようにして、寝ているのが、わかった。

だが、毛布のふくらみからみて、一人の感じだった。

仲居が「お客さん」といいながら、毛布をめくった。

洋服を身につけたままの女が、身体《からだ》を曲げる感じで、横たわっていた。

そして、首に巻きついている黒い紐《ひも》。よく見ると、それは、旅館の浴衣《ゆかた》の紐なのだ。

みずえが、明かりを点けた。

とたんに、仲居が押し殺したような悲鳴をあげた。

女の顔が、苦痛にゆがみ、流れ出た鼻血が、蒼白い顔に、こびりついていたからだろう。

「すぐ、警察に電話して！」

と、みずえは、仲居に指示した。

十五、六分して県警のパトカーが二台と鑑識の車が到着し、刑事が、どやどやと旅館に入ってきた。
そのなかの三浦《みうら》という警部が、現場を見てから、女将のみずえに、

「この女と一緒に、泊まっていたのは？」

と、きいた。

「早川克郎さんです」

「早川――？」

「有名な小説家の先生ですわ」

「ああ、知っています。彼は今、どこです？」

と、三浦は、きいた。

「それが、どこへいってしまったのか、わからなくて――」

みずえは、困惑《こんわく》の表情で、いった。

「逃げたか」

と、三浦は、呟《つぶや》いてから、

「彼は、いつからここに、泊まっているんですか？」

「一昨日《おととい》の午後からですわ。昨日の夜、この女の方が、早川さんに会いにきて、今朝《けさ》

になって、こんなことになってしまったんです」

「すると早川克郎が、ひとりで泊まり、この仏さんは、後から、彼を訪ねてやってきたというわけですね？」

三浦は、確認するように、いった。

「ええ、そのとおりですわ」

「早川は、彼女を歓迎しているようでしたか？」

「さあ、そこまでは。ただ、女性が訪ねてくるが、その女性は、泊まらずにすぐ帰ると、おっしゃっていたんです」

と、みずえは、正直にいった。

「だが、帰らずに、泊まったわけですね？」

「ええ」

「姿を消した早川克郎ですが、宿泊者名簿に書いた住所や電話番号は、わかりますか？」

「電話番号はわかりませんが、住所はわかります」

と、みずえはいい、名簿を持ってこさせて、三浦に見せた。

「これは本人が、書いたものですか？」

と、三浦は、きいた。

「ええ。それに早川先生には、色紙も書いていただきました」

と、みずえはいい、その色紙も、三浦に見せた。

「おい。東京の出版社に、早川克郎の自宅の電話番号をきいてくれ」

と、三浦は、部下の刑事にいい、それがわかると、部屋の電話を使って、その番号へかけてみた。

早川は自宅にいないだろうと、三浦は考えていたが、

「早川ですが」

と、男の声がしたので、おやっという顔になった。

「早川克郎さんを、お願いしたいんですが」

「僕ですが」

と、相手は、いう。

「作家の早川克郎さんですか？」

「そうですよ。誰ですか？　そちらは」

「静岡《しずおか》県警の三浦といいます」

「警察？　警察が僕に、何の用ですか」

「一昨日から、先生は、伊豆長岡温泉に泊まっておられましたね？」

「何のことか、わからないが――」

と、相手は、いう。

「こちらで、先生はK旅館に泊まって、色紙も書いておられるんですよ」

と、三浦がいうと、相手は急にクスクス笑い出した。

「またですか」

「何のことですか？」

「実は、僕によく似た男がいましてね。それが、僕の名前を使って地方のホテルや旅館に泊まり、色紙にサインなんかしているんですよ。別に、宿泊代を踏み倒すわけでもないし、何か悪いことをするというのでもないので、放っておいたんですがねえ。何か事件を起こしたんですか？」

と、相手は、きいた。

「殺人事件です」

と、三浦がいうと、

「えッ」

と、相手は、びっくりしたように、声を出し、

「あいつは、そんなことを、しでかしたんですか。参ったな。今までは、これといった実害がなかったので、警察にも通報しなかったんですがね」

「偽者《にせもの》だということですか？」

「ええ。作家というのは、名前は知られていても、顔なんかあまり知られていないので、時々偽者が出てくるんです。特に、僕に顔がよく似ていて、声も似ている。そういう男がいて、僕の名前で、ファンにサインなんかしているということは、きいていました。伊豆長岡にいたのは、たぶん、その男でしょう」

「あなたはずっと、自宅におられましたか？」

と、三浦は、きいた。

「ええ。仕事をしていましたよ」

「それを、証明してくれる人は、おられますか？」

「証明？　僕が疑われているんですか？　僕は伊豆長岡なんかいってませんよ」

「わかっています。ただ、証明してくれる人がいると大変助かるんですが」

と、三浦は、いった。

「困ったな。実は、家内と去年の九月に別れてしまいましてね。今、ひとりなんですよ」

「お手伝いはいないんですか？」

「いません。他人が傍《そば》にいると、それが気になって、書けませんからね」

「しかし、食事はどうなさってるんですか？」

「外食ですよ。さもない時は、冷蔵庫にたくさん材料を買いこんでおいて、一週間なら一週間、誰とも会わずに、作品を仕上げます」

と、相手は、いう。

「旅行には、時々、いかれますか？」

と、三浦は、きいた。

「年に何回か出かけます」

「その時、旅先で、色紙を書いたりされますか？」

「いや、僕はそういうのは苦手なので、お断りしています。色紙を書いたり、サイン会などというのは、好きじゃないんです」

「伊豆長岡へいかれたことは？」

「申しわけないが、いったことはありません」

と、相手は、いった。

3

三浦は、電話を切って、当惑した顔になった。

早川克郎を名乗って、この伊豆長岡にきていた男は、偽者なのだろうか？

それとも、相手がそういっているだけなのか？

とにかく、殺された女の身元がわかれば、そうした謎も、自然に解明されてくるだろう。

被害者の所持品だろうと思われるショルダーバッグが、部屋に残っていた。

その白のショルダーバッグは、旅館の女将も仲居も、昨夜、女が訪れてきた時に持っていたことを認めている。

三浦は、ショルダーバッグの中身を、調べてみた。

化粧品、十三万五千二百円入りの財布、ハンカチ、キーホルダーなどに混じって、同じ名前を印刷した名刺が五枚、見つかった。

『月刊タイム』編集部　吉沢真理《よしざわまり》

と印刷されている。

その雑誌を発行しているタイム文化社の名前と、東京の会社の所番地と、電話番号も、同じように印刷してあった。

(雑誌の記者さんか)

と、三浦は呟いてから、そこに電話をかけてみることにした。

部屋の電話を使って、相手を呼び出す。

「『月刊タイム』の編集部をお願いします」

と、三浦はいい、男の声が出ると、

「そちらに、吉沢真理という女の記者さんがいますね?」

と、きいた。

殺されたことを告げたら、さぞびっくりするだろうと思いながら、かけているのだが、相手は、

「ヨシザワ?　うちに、その名前の人間はいませんがね」

と、ぶっきらぼうにいった。

「いない?」

「ええ。吉岡という人間はいますがね」

「『月刊タイム』の編集部ですよね？」

「そうですよ」

「おたくの他に、同じ名前の雑誌を出している出版社がありますか？」

「ないと思いますがねえ」

電話の男は、相変わらず、そっけない調子でいう。

「以前にも、吉沢真理という記者さんは、いませんでしたか？」

と、三浦は、きいた。

「いませんが、そちらはどなたなんですか？」

と、今度は逆に、きかれた。

「静岡県警の三浦といいます。伊豆長岡で、殺された女性がいましてね。彼女が『月刊タイム』編集部、吉沢真理という名刺を、五枚も持っていたので、てっきりそちらの記者さんだと思ったんですが」

と、三浦は、いった。

「ふーん」

と、相手は、電話口で考えこんでいる様子だったが、

「そりゃあ、偽記者ですねえ」

「以前にも、そんなことがありましたか?」

と、三浦は、きいてみた。

「うちは綜合雑誌で、それほど部数も出ていないから、うちの記者を名乗っても、そんなにメリットもないと思うんですよ。だから今までに、うちの偽記者というのは、いませんでしたがねえ」

「失礼ですが——」

「僕は、神田《かんだ》です」

「神田さんですか。また、お話を伺《うかが》うことになるかもしれないので、その時はよろしく」

といって、三浦は電話を切った。が、ぶぜんとした顔で、

「みんな偽者だよ」

と、部下の山本《やまもと》刑事に、いった。

「みんなといいますと——?」

「被害者も偽者だし、容疑者も偽者だ」

と、三浦は、いった。

とにかく、身元を割り出さなければならない。

三浦は、被害者の指紋の照合を急がせることにした。

また、鑑識には、部屋に残っていると思われる「早川克郎」の指紋の採取を頼み、女将と仲居の二人に協力してもらって「早川克郎」の似顔絵を作ることにした。

女将と仲居は、自分たちの旅館で殺人が起きたことにもびっくりしていたが、早川克郎が偽者だったらしいということにも驚いていた。

「偽者だなんて、ぜんぜん思いませんでしたよ」

と、異口同音《いくどうおん》に、いった。

三浦は、絵の上手な刑事に似顔絵を作らせながら、

「おかしいなと思ったことは、まったくなかったんですか？」

と、女将と仲居に、きいた。

「ええ。ぜんぜん」

と、仲居が、いう。

「はじめていらっしゃったので、出来れば前金でとお願いしたら、きちんと払って下さいましたしねえ。色紙にも、いやな顔をなさらずに、書いて下さいましたしねえ」

と、女将のみずえも、いう。

二時間近くかかって「早川克郎」の似顔絵が出来あがった。

三浦は、それを、早川克郎の本の裏表紙にのっている顔写真と、比《くら》べてみた。

よく似ている。

「似てるでしょう?」

と、女将は、三浦にいった。本人と信じても仕方がないでしょう、という顔だった。

被害者の死体は司法解剖《かいぼう》に回され、彼女の指紋は警察庁に送られた。

結果は、身元確認にならなかった。

彼女の指紋は、前科者のなかになかったのだ。

司法解剖の結果、死因はやはり、浴衣の紐で首を絞められたことによる窒息死だった。

死亡推定時刻は、昨夜、十月三十日の午後十一時から十二時の間ということだった。

なお、彼女の膣内から、犯人のものと思われる精液が検出され、血液型はB型だという報告も添えられていた。

犯人は昨夜、被害者と肉体関係を持ったあと、浴衣の紐で首を絞めて、殺したのだろう。

捜査本部が設《もう》けられ、本部長になった原口《はらぐち》は、警視庁に捜査協力を要請することにした。

4

その要請があった時、十津川《とつがわ》は、不謹慎だが、つい笑ってしまった。

被害者も容疑者も、偽者ということだったからである。

「ちょっと、信じられませんね」

と、亀井《かめい》刑事が、眉《まゆ》を寄せていった。

「何がだい？　カメさん。被害者が持っていた名刺は、明らかに偽だったんだよ」

と、十津川は、いった。

「私のいっているのは、早川克郎の方です。偽者が伊豆長岡に泊まっていて、女を殺してしまったみたいな話になっていますが、あれは本人の早川克郎だったんじゃありませんか？　何かの拍子《ひようし》に女を殺してしまったので、あわてて東京の自宅に逃げ帰り、あれは自分の偽者だったと主張しているんだと、私は思いますよ」

と、亀井は、いった。

静岡県警からは、伊豆長岡の旅館で、その男が書いたという色紙も、送られてきていた。

「これも、本人の早川克郎が書いたものだと、カメさんは思っているわけか？」

「ええ。ともかく、指紋を照合すれば、すぐわかるんじゃありませんか。本人の早川克郎の指紋が、現場の旅館の部屋から見つかれば、いくら弁解しても、駄目なんじゃないですかね」

と、亀井は、いった。

「それでは、二人で、本人の早川克郎に、会ってくるとするかね」

と、十津川は、いった。

二人はパトカーで、世田谷《せたがや》区用賀《ようが》にある早川克郎邸に出かけた。

コンクリートがむき出しになったような、半円形の建物で、外から窺《うかが》うと、なかに人がいるのかどうかわからないほど、ひっそりとしている。

十津川がインターホンを鳴らすと、なかから、

「どなた？」

という、不機嫌な男の声が、返ってきた。

「警視庁捜査一課の十津川といいますが、ちょっと、おききしたいことがありまして
ね」

　と、十津川は、いった。

　相手は「うーん」と唸《うな》っていたが、

「玄関のドアは開いているから、入って下さい」

　と、いう。

　二人は、重いドアを開けて玄関に入った。

　一階ロビーに、人の気配はない。

「二階です」

　と、男の声が、きこえた。

　階段をあがっていくと、そこが応接室になっていて、パジャマ姿の男が出てきて、

「仕事中なので、こんな格好で、失礼します」

　と、いった。

「こちらこそ、お忙しい時に、お邪魔しまして」

　と、十津川は、いった。

「僕ひとりでいるので、何もおもてなし出来ませんが――」

と、早川はいったが、自分でコーヒーをいれてくれた。

十津川が恐縮すると、早川は、自分も、ちょうど、飲みたかったところだといった。

早川は、昨日、徹夜で仕事をしたので眠い、といった。

「伊豆の事件のことで、こられたんでしょう?」

とも、いった。

「実は、そうなんです。殺された女性ですが、こちらは『月刊タイム』の記者ということだったんですが、これも、偽者になりました」

十津川がいうと、早川は笑って、

「殺された方も、偽者ですか」

「早川さんは『月刊タイム』に、原稿を書かれたことは、ありますか?」

「エッセイを、二回くらい書いたかなあ。あの雑誌は小説誌じゃないので、あまり関係がないのですよ」

と、早川は、いった。

「ところで、これが、自称早川克郎さんが書いた色紙なんです」

十津川は、問題の色紙を、早川に見せた。

早川は、手に取って見ていたが、

「僕よりずっと、字が上手《うま》い」

「早川さんは、原稿は何で書かれるんですか？」

と、亀井が、きいた。

「ワープロです」

と、早川はいいながら、

「あの男かもしれないな」

と、呟いた。

「何か、心当たりがあるんですか？」

と、十津川は、きいた。

「去年の十月頃でしたかね。東北の秋保《あきう》温泉に、僕の偽者が現れたことがあるんです。あとからわかったんですが、きれいな字で、色紙を何枚も書いて帰ったそうです。きちんと、宿泊費も払ったし、芸者を呼んで楽しく過ごしたらしいんです。実害がなかったし、告訴しても仕方がないので、そのままにしておいたんですが、その時の男かも知れませんねえ」

と、早川は、いった。

「その男の名前は、わかりますか？」

と、亀井が、きいた。

早川は、小さく肩をすくめて、

「わかるはずがないでしょう。ずっと、僕の名前で通してたんだから」

「秋保温泉の何という旅館か、わかりませんか？」

と、十津川が、きいた。

「確か、Rというホテルですよ。向こうでは、今でも、本人だと思っているんじゃありませんか」

「しかし、なぜ、そのホテルに偽者が現れたというのを、知られたんですか？」

と、十津川は、きいた。

「僕の友人が、たまたまそのホテルに泊まりましてね。そこで、君の色紙を見たぞと、電話をくれたんですよ。それで、偽者が現れたのを、知ったんです。君より字が上手いぞと、友人はいってましたがね」

「その時は、実害がなかったので、何もしなかった——？」

「ええ。僕の名前で、女を欺《だま》したとか、ホテル代を踏み倒したとでもいうことなら、警察にいったと思いますがねえ」

「しかし、今度は、殺人事件が起きているんです」

と、亀井は、いった。

「そうですね」

「これは、殺された女の似顔絵です。身長百六十センチ。なかなかの美人です。年齢は、二十七、八歳。白のショルダーバッグを持っていました。心当たりはありませんか？」

十津川は、県警がＦＡＸで送ってきた似顔絵を、早川に見せてきいた。

「ありませんねえ。申しわけないが」

と、早川は、いう。

「秋保のＲホテルでしたね。去年、偽者が現れたのは」

「そうです」

と、早川は、うなずく。

十津川は、急に亀井を促《うなが》した。

「どうも、お忙しいところを――」

と、立ちあがった。

二人は、パトカーのところに戻った。

　十津川は、早川に見せた色紙と似顔絵を、亀井に渡して、

「あとで、それを鑑識に回してくれ。早川の指紋が、ついているはずだ」

　と、いった。

「警部は、伊豆長岡にいたのは、本人の早川だと思われるんですか？」

「その可能性があるかどうか、調べたいんだ」

　と、十津川は、いった。

「指紋が採《と》れたら、すぐ静岡県警に送っておきましょう」

　と、亀井は、いった。

　警視庁に戻ると、十津川は、秋保温泉のＲホテルの電話番号を調べて、かけてみた。

　フロントが出たので、去年の十月頃に、早川克郎が泊まらなかったかどうか、きいてみた。

「確かに、お泊まりになっています。十月の十六、十七日です」

　と、フロントは、いった。

「そちらで色紙にサインしたときいたんですが」

「ええ。サインしていただきました」

「どんな様子でしたか？」

「どんなといいますと？」

「早川さんの様子です」

「さすがに、有名な作家という感じで、よかったですよ。いやな顔一つせずに、色紙にサインして下さいましたしね」

と、フロント係は、いう。

「そちらで芸者を呼んだそうですね？」

「ええ。小糸《こいと》さんという芸者にきてもらいました」

「その芸者の反応は、どうでした？」

「小糸さんも、喜んでいましたよ。ご祝儀《しゅうぎ》をはずんでくれたし、変なことは、要求せずに、楽しかったといって――」

「その後、彼から、連絡はありませんか？」

と、十津川は、きいた。

「お忙しいのだと思います。別に、連絡はありません」

と、フロント係は、いった。

警視庁から、静岡県警に送った早川克郎の指紋について、三浦警部が電話してきた。

「やはり、こちらに現れたのは、偽者でした」

と、三浦は、いった。

「指紋は、合致しませんでしたか？」

と、十津川は、きいた。

「そうなんです。こちらで書いた色紙から採取した指紋と、一致しませんでした。警察庁の前科者カードにも、該当者なしです」

三浦は、がっかりしたように、声を落としていった。

十津川は、仙台《せんだい》の秋保温泉の件を、三浦に話した。

「たぶん、同一人だと思いますね」

「そうですか。今までは、ただ有名作家の名前を使うことだけを、楽しみにしていたのが、今回は殺人を犯したということですかね」

「被害者の身元も、いぜんとしてわからずですか？」

と、十津川は、きいた。

「残念ですが、わかりません。明日、新聞に大きく、偽者の作家と偽者の記者ということでのるので、何か反応はないかと、期待しているんですが」

と、三浦は、いった。

彼のいうとおり、翌朝の新聞に、その記事がのった。

完全に、早川克郎の偽者と決めつけた記事になっている。

偽者ばかり
被害者も容疑者も偽者の殺人事件

それが、見出しだった。

その二人の偽者の似顔絵も、のっている。

早川克郎の談話も、あった。

〈以前、私の偽者が現れた時は、実害がないので、むしろ、ほほえましく思ったのだが、殺人事件が起きてしまうと、そうばかりもいっていられない。残念で仕方がない〉

という、当たり障《さわ》りのない談話だった。

だが、三浦警部の期待した反応は、二日、三日と過ぎても、出てこなかった。

5

一カ月が、空《むな》しく過ぎた。

被害者の身元もわからず、偽の早川克郎が、どこに消えてしまったのかも、不明である。

事件そのものも、忘れられていった。

十二月に入ってすぐ、山梨《やまなし》県の石和《いさわ》温泉Tホテルに、早川克郎という男が、チェックインした。

フロント係は、作家の早川克郎ということで、最上階のスイートルームに案内した。

支配人は、あいさつに顔を出し、その時に、本と色紙を差し出して、サインを頼んだ。

「ああ、いいですよ。明朝までに、サインしておきましょう」

と、早川は、笑顔で応《こた》えた。

翌朝、仲居が朝食を運んでいった時には、二冊の本と六枚の色紙には、きちんとサインがしてあった。

朝食のあと、早川は散歩に出たのだが、その時、フロントに、

「僕の外出中に、ひょっとして、W出版の梶山《かじやま》という編集者が、訪ねてくるかもしれない。その時には、僕の部屋に通しておいて下さい」

と、いい残した。

午後二時になって、W出版の梶山徹《とおる》という四十前後の男が、フロントにやってきた。

「早川先生から、伺っています。部屋で、お待ちいただくようにと」

フロント係はにこやかにいい、最上階のスイートルームに、案内した。

その直後に、早川が、外出から帰ってきた。

「W出版の梶山さまが、お見えになったので、お部屋の方にお通ししておきました」

と、フロント係は、告げた。

「ありがとう」

と、早川はいい、エレベーターであがっていった。

午後七時、夕食の時間になったので、仲居が、早川を迎えにいった。Tホテルで

は、全員が一階の食堂で食べることになっていたからである。

ドアをノックして、

「お食事の時間なので、ご案内します」

と、声をかけたのだが、返事はなかった。

そこで、マスターキーを使って、仲居はドアを開け、なかに入ったのだが、そこで見つけたのは、男の死体だった。

W出版の梶山と名乗っていた男の死体である。

男は、後頭部を強打されたあと、胸を二カ所、刺されていた。

早川克郎の姿は、どこにもなかった。

その事件を担当したのは、山梨県警の堀《ほり》という若い警部だった。

堀はまず、W出版に電話をかけて、殺された梶山という男について、きくことにした。

ところが、W出版では、

「何のことかわかりませんね。W出版に、梶山という名前の男は、おりませんが——」

指紋の照合もおこなわれたが、それも無駄だった。該当する指紋が、警察庁の前科者カードと一致しなかったのである。

逃げた早川についての情報も、乏《とぼ》しかった。

本物の早川克郎は、四十五歳。どちらかといえば平凡な顔立ちで、作家ということを考えなければ、どこにでもいる普通の中年男である。

当然、偽者の早川も、目立たない中年男である。群衆のなかに入ってしまえば、誰も注目しない男なのだ。

十津川は、山梨県石和温泉の事件をきいて、複雑な思いにかられた。

「カメさん。お茶を飲みにいこう」

と、十津川は亀井を誘った。

庁内にある喫茶店で、二人はコーヒーを注文した。

「石和温泉の事件でしょう？」

と、亀井は笑って、十津川を見た。

「そうなんだ。今度も、偽者の被害者に、偽者の作家だ」

十津川は、コーヒーをスプーンでゆっくりかき回しながら、いう。

「こんな偶然が続くのは、異常ですよ」

と、亀井は、いった。

「作為《さくい》を感じるな」

と、十津川は、いった。

「誰かが、計画しているということですか？」

「そう感じられて、仕方がない。カメさんは、相変わらずブラックか」

「肥満防止です。一粒で、ぐっと痩《や》せる薬はありませんかね」

と、亀井は、笑う。

十津川は苦いのが嫌いだから、砂糖とクリームを、たくさん入れる。

十津川だって、中年太りを気にしはじめている。だが、考えごとをしなければならなくなると忘れてしまうし、煙草《たばこ》だってスパスパ吸ってしまう。

その点、亀井の方が、意志強固だ。コーヒーは、必ずブラックで飲む。禁煙も守っている。

「本人の早川克郎は、今度の二つの事件とは、無関係なんですかね？」

亀井が、いった。

「今日、テレビで記者会見するということだ。その時、自分は関係がない、迷惑しているという談話を発表するんだろうね」

と、十津川は、いった。

「とにかく、不思議な事件です」

「いろいろな見方が出来る面白い事件でもある」

と、十津川は、いった。

「どんな見方ですか？」

「まず考えられるのは、早川克郎に対するいやがらせだ」

と、十津川は、いった。

「なるほど。伊豆長岡で事件が起きた時は、本人の早川が疑われましたからね」

亀井は、コーヒーを飲む。

「苦いだけのコーヒーって、美味《うま》いのかね？」

「馴れれば、美味いものですよ」

と、亀井は、笑った。

「今でも、早川が犯人ではないかと、疑っている人間はいると思うね」

と、十津川は、いった。

「そうかもしれませんね。本当は、あれは偽者じゃなくて、本人の早川なんじゃないかと思う人もいるでしょうね。噂なんてものは、そんなものです」

「しかしなぜ、被害者が二人とも、偽者なのか、そこのところがわからない」

と、十津川は、いった。

「二人ともマスコミ関係ということになっていますから、容疑者の偽者の作家と同じ業界の人間という図式には、なっていますね」

と、亀井。

「同じ業界か」

「ええ。その点、変にきちんとしているんです。偽者といっても、殺された男女が偽者の有名政治家だったり、有名女優だったりしたら、ちょっと違和感があるんですが、全部マスコミ関係で、容疑者の偽者作家と同一の世界の人間ですからね」

「だから最初、全部本人と思ったんだ。動機も、充分、考えられるからね」

と、十津川は、いった。

「伊豆長岡は、美人の雑誌記者と、中年作家のスキャンダルですか」

「ああ。石和温泉の方は、仕事上のいざこざが、動機と考えられた――」

「そうですね」

「面白いといえば、面白い事件なんだが」

と、十津川がいった時、テレビの画面で、問題の作家、早川克郎の記者会見が始まった。

亀井が椅子の向きを変えて、テレビに注目した。

早川は、渋面を作って、

「こんなことで、記者会見なんかするのは心外なんですが、放っておくと、僕が本当の殺人犯みたいに思われますからね。現に、ファンから、そんな悪いことをする人とは思わなかったみたいな手紙がくるし、友人からは、からかってですが、とうとう人殺しをやったかと、電話がかかってきますからね」

と、いう。

「あなたの名前を使っている男について、心当たりはありませんか？」

と、記者の一人が、質問する。

「前に、僕の名前を使った男がいましてね。たぶん、その男だと思っている。その時、実害を与えてないからと、放っておいたので、図にのっているんだとは、思っているんですがね」

と、早川は、答える。

「しかし今度の件では、実害を与えられているわけですね？」

「ええ。ひどいもんです。警察は幸い、僕が殺人事件に無関係とわかってくれたんだが、世のなかの人たちはそうはいきませんからね。今いったように、僕が犯人だと決めつけて、脅迫まがいの手紙を送ってくるし、電話もかけてくるんですよ」

と、早川はいい、その手紙の何通かを披露《ひろう》した。

〈本当は、お前が殺したんだろう。偉そうな文章を書いたって、お前の本性《ほんしょう》は人殺しだ。筆を折って世間に詫《わ》びろ！〉

〈ヒトゴロシ！　死ね！〉

〈警察は欺《だま》せても、世間は欺せないぞ！〉

「こんな手紙が連日くるし、無言電話はひっきりなしです。僕は気が弱い方だから、小説が書けなくなりますよ。といって、旅行に出たりすれば、また何をいわれるか、わかりませんからね」

と、最後にいい、画面が他のニュースに切り替わった。

亀井は、椅子を元に戻した。

「本当に無関係なら、早川は辛《つら》いでしょうね」

と、亀井は、いった。

「今度の二つの事件で、早川自身も有名になってしまったからね。今までは、名前は知られていても、顔は知られていなかった。だから偽者が出たわけだが、今は顔も知られてしまった。そうなると、早川は、ひなびた温泉地に逃げ出しても、すぐ、わかってしまうだろうし、犯人かもしれないというので、一一〇番されてしまうだろうからね」

と、十津川は、いった。

「これからどうなると、思われますか？」

「一刻も早く、偽者の早川が逮捕されれば、それで終わりだろうね。本人の早川も、安心して仕事が出来るんじゃないかな」

と、十津川は、いった。

二人が部屋に戻って一時間ほどしてから、十津川の近くの電話が鳴った。

十津川が、受話器を取ると、

「早川です。先日、お会いした」

と、男の声が、いった。

「ああ、早川さん」

と、十津川がいい、それをきいて、亀井がこちらを見た。

「相談したいことがあるので、きてくれませんかね」

と、早川は、いった。

「今度の事件に関してですか？」

「そうです」

「これから、伺います」

と、十津川は、いった。

十津川は、亀井を連れて、もう一度、早川の家を訪ねた。

早川は、疲れた表情で二人を迎え、

「今日、テレビの記者会見をすませたあと、この手紙が届いたんです」

と、いい、封書を十津川に見せた。

差出人の名前は、ない。

十津川は、手袋をはめた手で、中身を抜き出した。

〈おれは今、警察に追われている。金が欲しい。二千万円用意してくれ。お前は、おれだ。お前には、おれに金をくれる義務がある。こじつけだろうが、構わない。とにかく、金が欲しい。用意できたら、お前の家の屋根に、白い旗を出しておけ。取りにいく。警察にはいうな。おれにはどんなことだって出来るんだ。

早川克郎〉

手紙には、そう書いてあった。

十津川は、それを亀井に渡してから、

「偽者の早川からですね」

と、早川に、いった。

「そう思います」

「どんなことでも出来るというのは、どういうことですかね？」

「何を考えているのかはわかりませんが、想像はできますよ。本人の僕に見せかけて、悪事を働けば、僕の人気が落ちますからね」

と、早川は、いう。

その間も、ひっきりなしに、電話が鳴っていた。

十津川は、気になって、

「出なくてもいいんですか？」

と、きくと、早川は小さく首を振って、

「全部、いやがらせの無言電話ですよ」

「しかし、出版社からの大事な電話だったら困るでしょう?」

「だから、関係のあるところには、FAXで送ってくれと、いってありますよ。時にはそのFAXも、どこで番号を調べたのか、いやがらせの文章を、送ってくることがありますがね」

早川は、渋面を作った。

そのどれもが匿名だから、なおさら頭にくるし、対応が出来ないと、早川はいう。

「問題は、この脅迫の主ですね」

十津川は、指先で、脅迫状を叩いた。

「ええ」

「とにかく、この偽者を捕まえれば、二つの殺人事件は解決しますし、先生も安心して仕事が出来るんじゃありませんか」

と、十津川は、いった。

「僕は、どうしたらいいんですか?」

と、早川が、きく。

「われわれの指示どおりに動いて下さい。この二千万を受け取りにきたところを、捕まえます。まあ、誘拐の身代金の受け渡しと同じです」

「しかし――」

「何ですか？」

「この脅迫状でもわかるとおり、犯人は尋常な神経の持ち主じゃありません。たまま、顔や年齢などが、僕に似ていたということで、勝手に僕の名前を使って、温泉地に出没し、色紙なんかにサインしていたわけでしょう。こっちは、完全に被害者ですよ。それなのに、お前はおれだみたいな、わけのわからない理屈で、逃走資金に二千万円をよこせといってるんです。異常な神経の持ち主ですよ。こういう男は、何をするかわからない。それが怖いんです」

と、早川は、いった。

「わかりますよ」

と、十津川は、早川を安心させるように、いった。

「本当に、わかってくれるんですか？」

「私は、二十年近くこの仕事をして、いろいろな犯人に出会っています。強盗、殺人、誘拐、なかには爆弾魔もいます。共通しているのは、勝手な理屈を持っているということです。今度の犯人も、同じようなものです」

「僕は、どうしたらいいんですか？」

「犯人のいうとおりに、動いて下さい。二千万円は用意できますか？」

「銀行に頼めば、何とかなりますが」

「それなら、一応準備して、犯人の指示どおりに、屋根に白い旗をあげていただく」

「そのあとは、どうしますか？」

「犯人の連絡を待ちます」

と、十津川は、いった。

早川は、うなずいた。

「確かに、誘拐の身代金の受け渡しと同じみたいですね」

と、いった。

銀行から二千万円の現金が持ちこまれ、家の屋根に、小さな白い旗があげられた。

その時点で、十津川と亀井、それに三田村《みたむら》と北条《ほうじよう》早苗《さなえ》の四人が、早川邸に泊まりこむことになった。

電話は、相変わらず、鳴っている。

「いやがらせは、ずっと続いています。僕が犯人だと思いこんでいる人間が、それだけたくさんいるということでしょうね」

と、早川は苦笑まじりに、いった。

「すると、犯人は、手紙かＦＡＸで、連絡してくるでしょうね」

と、十津川は、いった。

とにかく、犯人からの連絡を待つより仕方がない。

丸一日が過ぎて、やっと、ＦＡＸに犯人からの連絡が入った。

〈合図は見た。

二千万円を持って、伊豆長岡温泉のＷ旅館に泊まれ。早川克郎の名前で、泊まるんだ。今日中にいけ。

あとは、その旅館に連絡する。

お前は、おれなんだ。それを忘れるな。

早川克郎〉

「どうしたらいいですか？」

と、早川がきく。

「指示にしたがって下さい。私たちも、いきます」

と、十津川は、いった。

まず、早川がタクシーを呼んで出発し、あとから、十津川たちが、早川邸を出た。

犯人が何を考えているのか、わからない。が、とにかく、二千万円を手に入れようとしていることは、確かだろう。

夕方、伊豆長岡に着き、十津川たちはW旅館に入った。

早川は、少し早く入り、別の部屋をとっている。

その早川に、携帯電話を渡し、それで、別の部屋にいる十津川たちに、連絡するようにいっておいた。

夕食がすんだ直後に、早川から、連絡がきた。

「今、仲居がきて、二千万円を渡せといわれました。犯人が、外にきて、仲居に、そう伝えろと、いったそうです」

「外に？」

「ええ。外のどこにいるかは、わかりません。渡さないと、この旅館に火をつけると脅したそうです」

「すぐ、そちらへいきます」

十津川は、亀井たちと、早川の部屋に飛んでいった。

部屋には、五十五、六の仲居と、早川がいた。

仲居は、蒼い顔で、

「早く渡して下さい。早くしないと、この旅館に火をつけるといってるんです」

と、いっている。

どうしますか、という顔で、早川が、十津川を見る。

「渡して下さい」

と、十津川はいい、三田村と早苗の二人に、眼くばせした。

二人が、仲居に続いて部屋を出ていった。

とたんに、どどっと、屈強《くっきょう》な男たちが、足音荒く飛びこんできた。その勢いに押されて、三田村と早苗が、押し戻されてきた。

「何をしてるんだ！」

と、思わず、十津川が怒鳴《どな》る。

「早川！　殺人容疑で逮捕する！」

と、男たちの一人が、怒鳴り返して、部屋のなかを見回した。

「馬鹿！　犯人は外だ！」

と、亀井が、怒鳴る。

「お前たちは？」

「警視庁捜査一課の刑事だ！」

怒鳴り合い、やっと了解して、三田村たちが旅館の外に、飛び出していった。

しかし、すでに、偽の早川の姿はなく、さっきの仲居が、呆然《ぼうぜん》と突っ立っていた。

彼女をつかまえて、三田村が、

「奴は、どこだ！」

「車で、逃げました。バッグを奪うようにして、車で逃げたんです」

「どんな車だ？」

「白い、普通の車です。ナンバーは覚えていますよ」

と、仲居は、いった。

静岡県警は、すぐそのナンバーの車を、手配した。静岡ナンバーである。

翌朝、その車が、三津浜《みとはま》近くで発見された。そこから歩いたとは思われないし、ガソリンタンクにはかなりの量のガソリンが残っていたから、別の車に乗りかえて、逃げたとみていいだろう。

伊豆長岡からこの場所まで、車で走ったとすれば、犯人がここに着いたのは、午後七時頃に違いない。

三津浜から沼津《ぬまづ》へ出て、東京方面に逃げたのか。

沼津へ出れば、関西方面にも、逃亡できる。

三津浜から、沼津と逆の方向にも、逃げることは出来る。

海沿いに走って、大瀬崎《おおせざき》。さらに海岸沿いを南下すれば、土肥《とい》、堂《どう》ヶ島《しま》を経《へ》て、下《しも》田《だ》に至る。

だが、沼津へ出れば、東京にも大阪《おおさか》にも逃げられるのに、伊豆半島という狭い場所を、逃げ回ることはしないだろう。

静岡県警もそう考えたし、十津川も同じ意見だった。

そこで、沼津方面に、捜査を集中した。検問も、強化した。

しかし、犯人は、網にかからない。

(取り逃がしたか)

という挫折《ざせつ》感が、県警を支配した。

十津川も、ぶぜんとした思いになっていた。

まんまと、してやられたという思いがある。

犯人は、県警に、伊豆長岡のW旅館に、偽者の早川克郎が泊まっていると、電話しておいてから、旅館の仲居を脅したのだ。

そのタイミングが、ぴったり合って、三田村と早苗の二人が、仲居のあとを追おうとした時、県警の刑事たちが、旅館に飛びこんできた。

十津川は、二千万を奪われたことを、早川に詫《わ》びた。

十津川は、亀井と、犯人が見つかるまではと、伊豆長岡温泉に泊まることにした。

三田村と早苗は、先に東京へ帰した。

早川も、仕事があるということで、東京に帰っていった。

「どうも、すっきりしませんね」

亀井は、難しい顔で、十津川にいった。

「犯人に、逃げられたからか？」

「いえ。それだけじゃありません。偽者の早川が、なぜ二人の男女を殺したのか。それが、わからないんです」

「なるほどね。ただ、有名作家に化けて、得意になってるだけの男が、二人もの人間を殺すのは、おかしいということだろう？」

「そうです。しかも、殺された男女が、二人とも揃《そろ》って偽者の記者というのも、妙ですよ」

「それについては、一つだけ考えられる理由があるよ。偽者の早川克郎は、より自分を本物の作家らしく見せるために、友人か知人の男女に、マスコミの人間を名乗らせて、旅館、ホテルに訪れてこさせる。そうすれば、旅館、ホテルの女将や、仲居たちは、やっぱり、早川克郎なのだと思う。その目的だったんじゃないかとね」

「その二人を殺したのは？」

「金を与えて芝居を頼んだが、もっと多くの金を要求されて、争いになり、かっとして殺したか――」

と、十津川がいった時、電話が鳴った。

静岡県警からだった。

犯人と思われる男が、車ごと、大瀬崎近くの断崖から転落して、死亡しているのが、発見されたというのである。

十津川と亀井は、県警のパトカーに同乗して、現場に向かった。

大瀬崎は、伊豆半島の付け根近くで、断崖が続いている。

その一カ所が、現場だった。

県警の寺田《てらだ》警部が先にきていて、十津川たちを、案内してくれた。

三十メートル近い断崖の下、波しぶきが打ち寄せている岩礁《がんしょう》の間に、白い車が、屋根まで海水に浸《つか》っている。

それを引き揚《あ》げる作業が、続けられていた。

「運転席に、中年の男性が、死んでいるのが見つかりましたが、まだ身元はわかりません」

と、寺田がいった。

「しかし、犯人らしいということでしたが」

「ええ。早川克郎に、よく似ているし、助手席に、バッグがあって、それはすでに引き揚げました。そのなかに、二千万円の札束が、入っていましたので」

「それなら、間違いないでしょう」

と、十津川は、いった。

十津川は、亀井と、また、車の引き揚げ作業を見守った。

「あっけなかったな」

と、十津川は、いった。

「それに、なぜ、犯人はこんなところに逃げてきたんですかね」

亀井は、不思議そうに、いった。

ロープを何本も使い、クレーン車も使って、やっと、車が崖の上に引き揚げられた。
県警の刑事が、運転席のドアを開けると、海水があふれ出してきた。
海水がなくなってから、男の死体が、車の外に引きずり出された。
早川克郎によく似た顔の男だった。
やはり、偽者の早川だと、十津川は思った。
県警の刑事たちは、男の背広や、ズボンのポケットを、探った。
二十一万円入りの財布、ハンカチ、キーホルダーなどが、見つかった。
「運転免許証は、ありません」
と、刑事の一人が、寺田にいった。
「無免許か」
寺田が、吐き捨てるようにいう。
もう一人の刑事が、
「これを見て下さい」
と、背広を広げて見せた。
寺田が覗きこみ、十津川と亀井も、眼を向けた。
そこにネームが入っているのだが「早川」と刺繡《ししゅう》されていた。

「早川克郎に、なりきっていたんですね」

と、亀井が、苦笑する。

「旅館に早川克郎を名乗って泊まった時、背広のネームで、ばれたりするからだろう。仲居さんなんかは、そういうところによく眼がいくからな」

と、十津川は、いった。

死体と車は、県警の手によって、捜査本部に運ばれていった。

6

十津川と亀井も、東京に帰ることにした。

十津川は、浮かない顔をしていた。

犯人の事故死によって、事件は解決したようにも見えるし、終わっていないようにも、見えるからだった。

犯人は、偽者の早川克郎。

だが、彼が、本当は何者なのかが、わかっていない。

彼が殺した男女の身元もわからないし、殺された理由も不明なのだ。

「犯人はたぶん、車を海に落とし、自分が死んだように見せかけたかったんじゃありませんかね。ところが、それに失敗して、車ごと落下し、死亡してしまった。こう考えれば、沼津に出ずに、逆方向の大瀬崎にいったことの説明がつきますよ。あのあたりは断崖があって、事故死を、警察が信じると思ったんじゃありませんか」

と、亀井が、いった。

「まあ、そうだろうが――」

十津川は、生返事《なまへんじ》をした。

「何を考えておられるんですか？」

「犯人は、二千万を早川に要求した時、二通、脅迫状を送っていた。手紙と、ＦＡＸでだ」

「そうです」

「そのどっちにも『お前は、おれだ』と、書いている」

「ええ」

「なぜ、そんな言葉を二度も、犯人は書いたんだろう？」

と、十津川は、首をひねっていた。

「それは、偽者の早川克郎の、作家の早川克郎に対するいやがらせの言葉じゃありませんか。偽者は早川克郎と名乗って、伊豆長岡温泉に泊まったところ、旅館の女将も仲居も、まったく疑わずに信じてしまった。名前なんてそんなものだと、犯人はいいたかったんじゃありませんかね」

「調べものをしたいので、出かけてくる」

と、十津川は急に、いった。

「一緒にいきますよ。どこへいくんですか？」

「国立国会図書館」

と、十津川はぶっきらぼうに、いった。

二人は、地下鉄で、出かけた。

国立国会図書館に着くと、亀井が、

「何を調べるんですか？」

「五、六年前の文芸雑誌だ。『私のペンネーム』ということで、有名作家が、何人か書いていたのを、思い出したんだよ」

「雑誌の名前は、わかりませんか？」

「それが、覚えてないんだよ。五年前か、六年前かもだ」

と、十津川は、いった。

二人は腰を据えて、五、六年前の文芸雑誌を、片《かた》っ端《ぱし》から調べていった。

疲れると、立ちあがって伸びをし、また作業に入った。

肝心の記事は、なかなか見つからなかった。

そこで、七年前の雑誌にも、範囲を広げていった。

急に亀井が、七年前の『文芸マンスリー』の十月号を、十津川のところに持ってきて、

「これじゃありませんか？　表紙に、私のペンネーム特集と、あります」

と、いった。

十津川は、その雑誌を受け取って、特集のページの部分に眼を通していった。

「あったぞ！」

と、十津川が、いった。

〈私のペンネーム　　　　　　　　　早川克郎

　私のペンネームは平凡なので、よく本名でしょうといわれるが、本名ではない。

私は昭和四十九年にF文学賞に応募して幸い当選し、作家生活に入ったのだが、当

時私はR電機に勤めるサラリーマンだった。社長は、社員が小説みたいなものを書くことを嫌っていたから、応募する時、本名ではまずいと思った。いろいろとペンネームを考えてみたのだが、これというものが浮かんでこない。その時私は、高校時代、顔や背格好が似ているので、他の生徒たちから、お前たちは双生児《ふたご》だろうとからかわれたのを、思い出した。そこで、その友人の名前、早川克郎を無断で使って、ペンネームとした次第である〉

十津川は、黙ってそのページを、亀井に見せた。

亀井は、素早く眼を通してから、

「早川克郎自身も、本名じゃなかったんですか」

と、いった。

呆《あき》れた顔になっている。

「いってみれば、彼も、偽者みたいなものだったんだよ」

と、十津川は、いった。

「参りましたね」

「それだけじゃない。早川克郎というペンネームは、高校時代の友人の名前を、無断で使ったとある」

「ええ」

「しかも、その友人は、顔や背格好がよく似ていて、他の生徒から双生児といわれていた――」

「ええ」

　と、亀井はうなずいてから、急に眼の色を変えて、

「と、いうことは、まさか――」

「そのまさかだと、私は思っている。死んだ男は、早川克郎なんだ。作家としては偽者だが、名前は早川克郎なんだよ。そして、作家の早川の友人で、彼が懸賞小説に応募する時、その名前を借りて、ペンネームにしたんだ」

　と、十津川は、いった。

「それで『お前は、おれだ』と、手紙に書いたわけですね」

「そうだよ」

　亀井が、いう。

「となると、作家の早川は、伊豆長岡で、偽者が出たときいた時、その偽者が誰か、

わかっていたはずですね。自分によく似た男ということで」

「そうなるね」

と、十津川は、微笑した。

「何だか、ややこしくなってきましたね」

「たぶん、去年、仙台の秋保温泉で、偽の早川克郎が出たときいた時、すでに作家の早川は、その偽者が誰か、わかったはずだよ」

「実害がないから、放っておいたといっているのも、嘘ですね」

と、亀井が、いう。

「嘘だろうね」

「しかし、作家の早川が、偽者の正体を知っていたとなると、今回の事件は、どうなってくるんですかね？」

と、亀井が、首をかしげた。

「作家の先生の預金を調べたいね」

「二千万円は、銀行から引きおろしていますよ」

「その他にだよ」

と、十津川は、いった。

作家の早川克郎の取引銀行は、M銀行である。

十津川は、三上本部長から、M銀行に話してもらい、ひそかに、早川克郎の預金を、調べてもらった。

その結果、問題の二千万円の他に、三回にわたって、まとまった金額が引き出されていることが、わかった。

去年、秋保温泉に偽の早川克郎が現れた直後に、二百万円。

伊豆長岡温泉で事件が起きた直後に、一千万円。

石和温泉で事件が起きた直後に、同じく、一千万円。

これだけである。

十津川は、その三つの金額を、黒板に書き留《と》めた。

「面白いね。特に、秋保温泉に、初めて偽者が現れた直後の、二百万円の引き出しが、興味がある」

と、十津川は、黒板の数字を眺《なが》めながら、いった。

「本来なら、偽者に抗議すべき時に、二百万を引き出したのは、どういうことなんですかね？」

「たぶん、二百万、偽者にやったのさ」

と、十津川は、いった。

「何のためにですか？」

と、亀井が、きく。

「秋保で、自分の偽者が出たときいた時、作家の早川は、すぐ高校時代の友人の早川克郎だとわかったはずだよ。そこで、彼は、その男に会いにいき、二百万円を渡したんだと思うね」

と、十津川は、いった。

「なぜ、そんなことをやったと、思われるんですか？」

「もちろん、利用価値があると思ったからだろう」

と、十津川は、いう。

「どんな利用価値ですか？」

「殺人だよ。伊豆長岡と、石和の、二つの温泉で起きた殺人事件だ」

「偽者に、殺しを頼んだということですか？　その報酬として、一千万ずつ、払ったということですか？」

「いや、いくら一千万もらっても、人殺しは引き受けないだろう。たぶん、作家の早川は、偽の早川に、自分の計画どおりに動いてくれといい、その結果として、一千万の謝礼を払ったんじゃないかと思うんだよ」

と、十津川は、いった。

「一千万もですか？」

「流行作家の早川にしてみれば、そんなに大きくない金額なんじゃないかね」

「すると、殺したのは、作家の早川ということになってきますか？」

亀井は、半信半疑の顔だった。

「伊豆長岡温泉のことを、考えてみよう。まず、偽の作家、早川が、旅館に現れ、頼まれるままに、色紙にサインする。翌日、朝食のあと、散歩してくるといって、外出。そして、帰ってくる。が、その時、作家、早川にすり替わっていたんじゃないか。そこへ、これも偽の記者の女が現れ、泊まることになる。そして、早川は消え、女の死体が、残る。すり替わった早川が、彼女を殺したんだ。が、色紙や、指紋などから、旅館にいたのは、偽の作家、早川だと誰もが思い、作家、早川はむしろ、被害者ということになる」

「山梨の石和温泉でも、同じことが、おこなわれたわけですか」

と、亀井が、きいた。

「そうだよ。ここでも、偽作家の早川が、男を殺し、逃げ去ったことになり、本物作家の早川は、迷惑をこうむっている被害者という図式が出来あがった」

と、十津川は、いった。

「もし警部のいわれるとおりだとすると、殺された女と男は、本物作家の早川と、関係があった人間ということになってきますね」

「そのとおりだ」

「しかし、なぜ、二人とも、偽名を使っていたんでしょうか？」

「そりゃあ、本名で死んでしまったら、本物作家と関係がある人間だとわかってしまうからだろう。だから、偽名を使って会いにこさせて、偽名のまま、殺したんだ。偽者を、偽者が殺したということで、世間は何となく、納得してしまうと考えたんだろう」

と、十津川は、笑った。

「そして、最後の脅迫ですが」

「あれは恐らく、なれ合いだよ」

と、十津川は、いった。

「なれ合いですか？」

「われわれは、まんまと欺《だま》されたがね」

「と、すると、本物作家の早川は、わざと自分を脅迫させたんですか？」

と、亀井が、きく。

「そうさ」

と、十津川。

「二千万もですか？」

「たぶん、二千万は、逃亡資金だと、私は思っているんだ」

「逃亡資金ですか——？」

「これは、あくまでも、私の推理なんだが、今いったように、本物作家の早川は、偽作家の犯行に見せかけて、自分に都合の悪い人間二人を殺してしまった。その報酬として、一千万ずつ、合計二千万円を支払った。ここまでは成功したが、偽作家の早川が、警察に捕まったら、真相がばれてしまう。そこで、最後の計画を立てたんだ」

「自分を脅迫させることですか？」

「そうだよ。自分を脅迫させ、それを、われわれに話す。その計画に、われわれはまんまとのせられた。これは、犯人逮捕につながると思って、二千万を払うと返事をしてくれと、頼んだ」

「ええ、そうです」

と、亀井が、うなずく。

「そして、また、伊豆長岡へ出かけることになった。犯人は、まんまと、二千万を奪って車で逃走。われわれは、静岡県警と、犯人を追った」

「それも、本物作家の早川が、計画したことだったわけですか？」

と、亀井が、きいた。

「そうだと思うよ。犯人は、沼津方面に逃げたと見せかけ、逆の大瀬崎の方向に逃げた。このことも、この逃走が、計画されたものだということを示していると、私は思うんだ。計画では、車で逃げていって、大瀬崎の断崖から、運転をあやまって、転落。海に沈んだ車から、死体はこぼれて、沖に流されてしまった。つまり犯人は、死亡ということに、するつもりだったんじゃないだろうか」

と、十津川は、いった。

「しかし、実際は、犯人は車と一緒に断崖から転落して、死亡していますよ」

と、亀井は、いった。

「犯人は、車を断崖から転落させるつもりだったと思うよ。ところが、それが、うまくいかなかった。転落する寸前に、車から脱出するつもりだったんだと、思うな。なぜ、それに、失敗したか？」

「二千万円の現金？」

「そうだよ。車を崖っぷちめがけて走らせておいて、その寸前、ドアを開けて脱出することになっていたんだろう。ただ、脱出しようとして、助手席に置いた二千万円入りのバッグを忘れてしまった。それで、それを手に脱出しようとした時、車は転落してしまったんじゃないかと、推理したんだがね」

と、十津川は、いった。

「偽作家の早川は事故死ということになり、二千万を持って姿を消し、事件はうやむやのうちに犯人死亡ということで、終息してしまうというわけですか？」

「本物作家の早川の計画は、そういうことだったんじゃないかな」

と、十津川は、いった。

「その偽者が、本当に、転落死したことで、計画以上に成功したわけですね？」

「そのとおりだよ。今頃、作家の早川は、ほくそ笑んでいるんじゃないかね」

「まさか、このままにしておくつもりじゃないでしょうね？」

十津川は、ニヤッと笑って、

「まさかね」

「これから、どうしますか？」

と、亀井が、きく。

「私の推理が正しければ、殺された女と男は、作家の早川と関係のあった人間だ。まずそれを調べる」

と、十津川は、いった。

7

十津川は、部下の刑事たちに、その捜査を命じた。

作家の早川の人間関係を、徹底的に調べていった。

伊豆長岡で殺された女の身元が判明した。

名前は、小田《おだ》みゆき。二十八歳。

福島《ふくしま》市生まれで、地元の高校を卒業後、上京し、さまざまな職業についたあと、六本木《ろっぽんぎ》のクラブKで働くようになった。

二年前、そこで作家の早川克郎と知り合った。気に入った早川は、彼女にクラブをやめさせ、マンションに住まわせることにした。クラブKには、結婚のために故郷に帰るといっておいたので、この店のママや同僚のホステスは、福島に帰ったものとばかり考えていたという。

男の方は時間がかかった。

作家の早川の周辺を、いくら調べても、その男が浮かびあがってこなかったからである。

捜査を早川の周囲から、殺された小田みゆきの周辺に移したところで浮かびあがってきた。

小田みゆきとは同じ福島の生まれで、東京で、ひとりで私立探偵をやっていた男だった。

名前は、山中京一《やまなかきょういち》。

山中は東京で、小田みゆきと知り合ったのだが、新聞で事件のことを知り、殺されたのは、小田みゆきとわかったらしい。

そこで、彼女のことを、私立探偵の腕で調べていったのだろう。

そして、作家の早川克郎に辿《たど》りついたに違いない。

山中は、私立探偵として成功していたとは思われなかった。中古のマンションの一室を、事務所兼住居にしているくらいだったからである。

そこで、山中は早川をゆすったのだと、十津川は考えた。

どれほどの金額をゆすったかわからないが、早川は永久に山中の口を封じることにして、彼に石和温泉にくるようにいったのだ。

そこで、金を渡すのである。

マスコミ関係者を名乗らせたのは、山中に、そうした方が周囲に疑われずに金を渡せるといったのだろう。

小田みゆきを殺した動機も、彼女が死んでいるので、推理するより仕方がない。

早川は、取材先のホテルや旅館で、みゆきと会う時は、作家と編集者の立場をよそおうのが、よいと思い『月刊タイム』編集部　吉沢真理」という名刺を、みゆきに作ってやって、持たせていたのだろう。友人や、仕事関係者に、二人で会っているところを、目撃されても、仕事上のつき合いだといえば、変な噂を立てられることも、ないからだ。

みゆきは最初、早川の愛人で満足していたのだろう。

豪華マンションを借りてもらい、月々の手当をもらって、それでいいと思っていた。ところが、二年もたつうちに、みゆきは、愛人では満足できなくなって、結婚を迫るようになったのではないか。

早川は、結婚するほどの愛情は持っていなかった。

みゆきは、結婚してくれないのならと、莫大《ばくだい》な手切金を要求したのではないだろうか？

あるいは、クラブで働いていた時、暴力団の組員と知り合っていて、それを、ちらつかせて早川を脅すぐらいのことは、したかもしれない。

そこで早川は追いつめられた気持ちになり、どうしても彼女を殺さねばならないと考えた。

そんな時、自分の偽者が、秋保温泉に現れたのを知った。

そこで早川は、殺害計画を立て、偽作家の早川に会い、金をちらつかせたのだろう。

8

十津川と亀井は、早川克郎に会いに出かけた。

十津川は自分の推理は正しいだろうという確信は持っていたが、だからといって、それだけで逮捕令状を取るのは難しい。だから令状を持たずに訪ねた。

早川は、ゆったりした表情で、二人の刑事を迎えた。

「十津川さんには、ずいぶんお世話になりました。偽者がいなくなったので、何かすっきりした気分ですよ」

と、早川は、いった。

「ところが、こちらはまだ、終結というわけにはいかなくて困っているんですよ」

と、十津川は、いった。

「なぜですか。もともと警視庁は、伊豆長岡の事件は管轄外でしょう?」

「そのとおりですがね。先生は東京の人間だし、その先生が脅迫されたとなると、われわれが動かざるを得ないのですよ」

と、十津川は、いった。

「そのことには感謝していますが、もう事件は解決していますから」

早川は、小さく肩をすくめた。

「わかります。ただ、小さな問題があるので、それに答えていただきたいと思いましてね」

「どんなことですか？」

「伊豆長岡で殺された女性ですが、もちろん先生は、ご存じありませんね？」

「知りませんよ。どこの誰だか、まったく知りません」

「実は、彼女の身元が、わかりました」

「ほう」

「偽記者を名乗っていましたが、本当は、小田みゆきといって、六本木のクラブのホステスだったんです。やはり、ご存じありませんか？」

「もちろんですよ」

「会ったこともない――？」

「ええ。もちろん」

「そうですか」

と、十津川はうなずいて、ポケットから小型のテープレコーダーを取り出して、早川の前に置いた。

早川は、眉をひそめて、

「何ですか？　これは？」

と、きく。

「小田みゆきのマンションに、封筒に入ったテープがありましてね。自分が死んだら、これを警察に渡してくれと、書いてあったんです。それで、テープをきいてみたんです。ご一緒に、きいて下さい」

「なぜ僕が、きかなければならんのですか？」

早川は、怒ったように、きく。

「内容が、先生に関係があるからです」

と、十津川は、いった。

亀井が、再生のスイッチを入れた。

女の声が、流れてきた。


〈あたしの名前は、小田みゆきです。六本木のクラブKで、働いていました。二年前、作家の早川先生と知り合い、すぐ、マンションに囲われるようになりました。最初のうちは、恵まれた、楽しい毎日でした。でも、二年もたつうちに、だんだん今の生活が、いやになってきました。あたしも、結婚に憧《あこが》れています。幸い、今、先生は独身なので、結婚して下さいと、いいました。ところが先生は、冷たく、結婚する気はないと、いいました。

先生は、ただ、あたしの身体が欲しかっただけだったのです。もちろん、あたしも、最初はお金が欲しかった。でも、だんだん先生が好きになり、一緒に生活したくなってきたのです。

だから、会うたびに、結婚して下さいといいました。どうしても駄目なら、二億円の手切金が欲しいと、いいました。

そんなことで、喧嘩《けんか》が絶えないようになりました。時々、先生は、何ともいえない冷たい眼で、あたしを見ています。

たぶん、先生は、あたしを殺すと思います。もし、あたしが殺されたら、犯人は早川先生です。警察にお願い――〉

「嘘だ！」

と、突然、早川が大声で叫び、テープを止めてしまった。

「どうされたんですか？」

十津川は、落ち着いた声でいい、早川を見つめた。

「これは、インチキだ！」

「インチキ？」

「そうだ」

「どうインチキだと、おっしゃるんですか？」

と、十津川が、きいた。

「この声は、彼女じゃない！」

と、早川は大声で、いう。

十津川は、笑って、

「そのとおりです。うちの北条早苗という女性刑事が、吹きこんだものです」

と、いった。

「警察の人間が、そんなインチキなことをやっていいと思っているのか？　弁護士に頼んで――」

と早川はいいかけて、突然、顔色を変えた。

自分のミスに、気がついたのだ。

十津川は、微笑した。

「そうなんですよ。先生。先生は、小田みゆきという女に、会ったこともないといわれた。名前も知らないと。その女の声を、なぜ、知っておられるんですかね？」

「――」

早川は、黙ってしまった。

「小田みゆきと山中京一の二人を殺したのは、やはり先生ですね？」

「――」

「事故死した先生の偽者が、先生の高校時代の友人の早川克郎ということも、わかったんです。小田みゆきとも、山中京一とも、無関係の彼が、二人を殺すはずはないんです。殺したのは、あなたです」

と、十津川は、いった。

「彼女が、あんまり、結婚してくれと迫るものだから――」

早川は、急に低い声になって、吐息まじりに、いった。

「結婚が駄目なら手切金をと、いったんですか？」

「僕の全財産を要求したんだ」

「そんな時、自分の偽者が、現れたのを知ったんだな？」

と、亀井が睨むように、早川を見て、きいた。

「そうなんだ。すぐ、早川だとわかった」

「双生児といわれるほど、自分に顔や背格好が似ているのを思い出して、小田みゆき殺しの計画を立てたんだな？」

「そうだ。ちょうど、早川は金を欲しがっていたので、金を与えて、僕のいうとおりに動くように、いった」

と、早川は、いった。

「彼が、大瀬崎の断崖から、車ごと転落死したのは、予想外でしたか？」

と、十津川は、きいた。

「ああ。僕は、彼が死んだことになって、姿を隠してくれればいいと思っていただけだ。だから、彼の死に、僕は責任はない」

と、早川は、いった。

「でも、あなたは、二人も、人間を殺《や》っているんですよ」

「――――」

「ところで、先生の本名は、何ていうんですか？」

「本名？」

「そうです。本名です。逮捕令状には、本名を記入しなければなりませんのでね」

と、十津川は、いった。

会津若松《あいづわかまつ》からの死の便り

1

八月上旬の日曜日となれば、東京の真んなかの銀座《ぎんざ》あたりは、閑散《かんさん》として、人影も、まばらである。

学校が休みの子供たちは、海や山に出かけてしまっているのだろうし、大人たちも、会社の休みに、わざわざ、銀座まで、この暑さのなか、出かけてくることはしまい。

デパートや、商店街も、お中元商戦が終わって、一息ついている。

いつもなら、通行人との対応に忙《いそが》しい数寄屋橋《すきやばし》の交番の警官も、今日は、のんびりとしていた。

ただ、真夏の太陽だけは、やたらに眩《まぶ》しく、暑い。

二十五歳の柏木《かしわぎ》巡査は、体質的に、汗をかき易《やす》いので、夏は、苦手《にがて》である。じっと立っていても、汗が滲《にじ》み出てくるので、しきりに、ハンカチで、汗を拭《ふ》いた。

いつもの日曜日に比《くら》べると、はるかに人出は少ないといっても、ミニスカートに、肌をむき出しにした若い女性の姿が見えたりすると、若い柏木は、ふと、胸が躍《おど》ったりする。

そんな若い女の一人が、妙につきつめた表情で、まっすぐ、交番に向かって歩いてくると、立っている柏木に向かって、

「あのー、お伺《うかが》いしたいことがあるんですけど」

と、声をかけてきた。
二十二、三歳だろう。短い髪が、彼女を少年のように見せていた。陽焼《ひや》けしているのは、海へでもいっていたのか。
柏木は、そんなことを考えながら、微笑して、

「どんなことですか？」

「この近くに、確か、あお――」

と、いいかけた時、突然、女の表情が、変わった。

苦しげに、呻《うめ》き声をあげ、両手で喉《のど》をかきむしり、倒れかかってきたのだ。

柏木は、驚いて、彼女の身体《からだ》を抱きかかえ、

「どうしたんですか？　大丈夫ですか！」

と、声をかけた。

奥から、同僚の警官が、何事だという顔で出てきた。その同僚に向かって、柏木

は、

「すぐ、救急車を呼んでくれ！」

と叫んだ。

2

救急車が駆けつけ、柏木も、いきがかりで、それに乗って、病院に向かった。

だが、女は、病院に着く前に、死亡した。

柏木巡査は、病院から所轄署に連絡をいれた。女の死因に、不審な点があったからである。

単なる心臓発作には、見えなかったのだ。最近、若者でも、クモ膜下出血で、突然、死亡する者が多くなったが、それとも違うと、柏木は思った。

診断した医者も、毒死の可能性が強いと、いった。

警視庁捜査一課から、十津川《とつがわ》警部が、部下と一緒に、病院に到着した。

「恐らく、青酸中毒死ですね。青酸死特有の反応が、顔に出ています」

と、医者は、十津川にいった。

十津川は、柏木巡査に話をきいた。

若い柏木は、蒼《あお》い顔で、女が交番にきた時のことを、十津川に話した。

「私に、何かきこうとしていて、突然、苦しみ始めたんです」

「何をきこうとしていたんだね？　道順かな？」

「わかりません。『あお――』といいかけたように覚えているんですが」

「あお――ね」

「はい」

「あお――だけじゃ、何のことか、わからないな」

「この近くに、確か、あお――といったんです」

「数寄屋橋交番の近くということか？」

「そうだと思います」

「近くに『あお』という言葉のつく建物があるかね？」

と、亀井《かめい》刑事が、きいた。

「青木《あおき》ビルという雑居ビルがあります。たぶん、このビルのことだと思います」

柏木巡査は、緊張した顔でいった。

また、彼の証言によれば、亡くなった女は、ゆっくり歩いてきて、声をかけたという。その間、別に、苦しげには見えなかったという。

「カプセル入りの青酸を飲まされたんだろうね」

と、十津川は、亀井にいった。

「他に考えようがありません。問題は、どこで、誰に飲まされたかですが」

「まさか、自分で飲むはずがないから、他殺と、決めていいだろうね」

と、十津川は、いった。

所持品を調べることにした。白いハンドバッグがある。ブランド物ではないが、真新しいものだった。

中身を出してみた。簡単な化粧品、五万八千円入りの財布、ハンカチ、キーホルダー、そして、運転免許証。

免許証にあった名前は、五十嵐由美《いがらしゆみ》。住所は会津若松《あいづわかまつ》市内のマンションだった。年齢は二十二歳である。

もう一つ、入っていたのは、帰りの東北新幹線の切符だった。二〇時二二分東京発「やまびこ59号」で、郡山《こおりやま》までの切符である。

これで帰れば、郡山から会津若松までの列車も、あるのだろう。

「東北の女性ですか」

と、亀井が、いった。東北で生まれ育った亀井には、特別な意識みたいなものがあるに違いない。

「東京に出てきて、何かをするか、あるいは誰かと会うかして、今日中に帰る気だったとみていいだろうね」

「青木ビルに、いってみますか」

と、亀井が、いった。

十津川と亀井は、極端に車の少ない都心の道路に、パトカーを走らせ、問題のビルに向かった。

土地の高い銀座には、雑居ビルが多い。青木ビルは、七階建てで、さまざまな種類の店が入居していた。

クラブ、バー、サラリーローン、レストラン、ブティック、私立探偵社、といった看板が、ビルの入口に、並べて掲《かか》げられている。

「ほとんど、休みのようですね」

と、亀井は、ビルを見あげて、いった。

ひっそりと、静まり返っているからだった。地下にあるクラブとバーは、休みかどうかわからないが、いずれにしろ、この時間では、店は開いていないだろう。

二人は、エレベーターに乗って、各階を見て回った。その結果、今日、開いているのは、一階のレストラン、三階のローン会社、そして、六階の私立探偵社の三つだけだった。

ローン会社は、年中無休を謳《うた》い文句にしていたし、レストランは、月曜日が定休と、書いてあった。

十津川たちは、六階の私立探偵社から、当たっていった。死んだ五十嵐由美の名前をいい、反応を見たのだが、応待した三浦《みうら》という男は、知らないという。三階のローン会社や、一階のレストランにも、当たったが、そこでも、まったく知らない名前だという答えしか、返ってこなかった。

念のために、もう一度、周囲に「あお――」というビルなり、店なりが、他にないかどうか、調べてみたが、見つからなかった。

と、すると、青木ビルの三つの事務所なり、店なりが、嘘《うそ》をついているのか。

「かならずしも、そうは断定できないな。今日休んでいる店を、訪ねてきたのかもしれないからね」

と、十津川は、慎重に、いった。

「しかし、わざわざ会津若松から、やってきたのに、殺されてしまうなんて、可哀《かわい》そうで仕方がありません」

と、亀井は、いう。

「そうだね。まるで、殺されるために、上京したようなものだからな」

と、十津川は、いった。

遺体は、解剖《かいぼう》に回され、福島《ふくしま》県警会津若松署に、協力要請がおこなわれた。

五十嵐由美の名前と住所、それに、彼女の顔写真が、ファクシミリで、会津若松署に送られた。

翌十日の朝、解剖の結果が出た。

死因は、やはり、青酸中毒による窒息死である。

死亡時刻は、柏木巡査の証言によって、九日の一時五十分頃と、わかっている。

十津川が、関心を持っていたのは、被害者の胃の内容物だった。報告によれば、豚肉、ラッキョウ、福神漬《ふくじんづけ》などが、消化しきれずに、残っていたという。それに、カレーの残滓《ざんし》も。

どうやら、被害者は、昼食にカレーライスを食べたらしい。その時間は、死ぬ三十分から四十分前だろうという所見も、報告書には、のっていた。

「たぶん、東北新幹線で、東京に着いて、カレーライスを食べ、それから、地下鉄かタクシーで銀座にやってきた。その間に、何者かに、カプセル入りの青酸を飲まされたんだろうね」

と、十津川は、いった。

会津若松署からの報告も、ファクシミリで、送られてきた。

〈ご照会の件につき、ご報告致します。

五十嵐由美は、五十嵐晋吉《しんきち》、やす子《こ》夫妻の次女として生まれ、短大を卒業したあと、会津若松市内のスーパーFに就職、商品管理の仕事をしています。

去年の四月から、市内に1DKのマンションを借りて、生活しています。

両親と、妹の慶子《けいこ》（短大一年）は、喜多方《きたかた》に住んでいて、家業は、ラーメン店であります。

五十嵐家は、女だけの三人姉妹で、長女の真紀《まき》（二十五歳）は、地元の高校を卒業したあと、上京して、R大に入学したが、一年で中退し、鉄鋼会社に入社しました。両親としては、彼女に帰ってもらい、婿《むこ》をとって、家業を継いでほしくて、何回も、帰郷を促《うなが》していました。

今年に入り、真紀も、その気になり、夏のボーナスをもらったあと、会社をやめ、帰郷すると約束していたのですが、突然、姿を消してしまいました。七月二十日に、両親は、警察に、捜索願を出しております。が、いまだに、真紀の消息はつかめておりません。

今回の被害者、五十嵐由美は、姉の真紀とは、仲がよかったので、今回は、行方不明の姉を、捜《さが》しにいったものと思われます。

姉の失踪《しっそう》と、今回の事件が関係があるかどうか不明ですが、念のため、五十嵐真紀の顔写真を、お送りします〉

姉の顔写真二枚と、三姉妹が一緒に写っている写真一枚は、速達で送られてきた。

「カメさんの意見をききたいね」

と、十津川は、いった。

「ちょっと、おかしいですね」

と、亀井が、いう。

「どこがだね？」

「死んだ五十嵐由美は、失踪した姉を捜しに上京したと思われると、書かれています」

「ああ、そうだ」

「それに、この二人は、仲がよかったとも」

「それで?」

「それなら、見つかるまで、東京に残るぐらいの覚悟で、くるんじゃありませんか? それなのに、帰りの新幹線の切符を用意しています。おかしいですよ」

と、亀井は、いった。

「そのとおりだが、それを、どう解釈するね?」

と、十津川が、きいた。

「姉の居場所がわかったので、飛んできたのかと、思いました。それなら、その日のうちに、連れて帰りたいと思い、帰りの切符を買っていたのが、納得できます。しかし、その場合は、切符は、姉の分も入れて、二枚買うんじゃないかと思うんですよ」

「なるほどね。確かに、カメさんのいうとおりだ」

「それに、なぜ、銀座へきて、青木ビルの場所などきいたんでしょうか? あのビルで、姉が働いているのがわかったんでしょうか? それなら、切符一枚は、おかしいことになってしまいます」

「私立探偵社だよ。カメさん」

と、十津川が、いった。

「ああ、中田《なかた》探偵社ですか」

「あの探偵社は、全国に支社があるのを、売りものにしている。東北にもあるんじゃないかな。由美は、姉の捜索を、そこへ頼んだんじゃないだろうか？　東京で失踪したのだから、当然、東京の本社が、捜索に当たったろう。そして、調査報告書ができて、それを、由美は、取りにきたんじゃないかね。彼女としては、その報告書を、すぐ持ち帰って、両親に見せたいから、帰りの切符も買っていた」

「あり得ますね」

と、亀井は、うなずいたが、

「しかし、あの探偵社は、五十嵐由美のことを知らないと、いっていましたね」

「関わり合いになりたくないんだろう」

と、十津川は、いった。

だが、こちらとしては、相手の思惑《おもわく》には、構っていられない。

十津川は、亀井と、もう一度、青木ビルの六階にある中田探偵社を、訪れることにした。

六階全部を占領していて、ドアには、全国五カ所に支社があると、誇らし気《げ》に書かした。

れていた。

東北の支社は、仙台《せんだい》になっている。たぶん、そこへ、由美は、姉の捜索を頼みにいったのだろう。

十津川は、三浦という副社長に会った。社長の中田は、現在、入院していて、三浦が、実質的な会社の運営をしていたからである。

十津川は、五十嵐由美の写真を、相手に見せて、

「昨日は、この女性を知らないといいましたね」

「実際に、まったく知らんのですよ」

と、三浦は、いう。

「おかしいですねえ。彼女は、東京で失踪した姉を捜してくれと、この探偵社に、依頼していたはずなんですよ。仙台支社を通じてね。昨日は、その結果をききに、ここへくるはずだった。違いますか？」

と、十津川は、いった。

「さあ、そういう調査依頼があったというのは、きいていませんがねえ」

と、三浦は、とぼけた。

十津川は、きっとして、

「それなら、令状をとって、中田探偵社のすべての調査依頼について調べますよ。そうなると、問題になるような仕事も、出てくるんじゃありませんかね」

と、いった。

探偵社によっては、依頼された調査をネタに、依頼主をゆすったりすることがある。

中田探偵社が、そんなことをしているかどうかはわからなかったが、十津川の一言は、利《き》いたようだった。

三浦の態度が、急に変わった。

「正直に申しあげましょう。確かに、仙台支社を通じて、五十嵐真紀という女性を捜してくれという依頼は、受けていました」

と、いった。

「それでは、その調査報告書を、見せていただきたいですね」

「それなんですが、調査報告書は、ありません」

と、三浦は、いった。

亀井が、むっとした顔で、

「おかしいじゃないか。調査を引き受けたのなら、報告書は出来ているはずだ。それとも、まだ、調査中なのかね？」

「うちには、十六人の探偵がいまして、問題の調査は、小島保《こじまたもつ》というベテランの探偵に、任《まか》せたんです。八日になって、調査報告書が出来たので、次の日に、取りにきてくれるように、依頼者の五十嵐由美さんに、連絡したといっていました」

「それなら、報告書があるんじゃないか」

「それなんですが、小島ごと、消えてしまったんですよ。それで、困っているんです」

と、三浦は、いった。

「いいかげんな嘘は、困りますよ」

と、十津川がいうと、三浦は、とんでもないというように、首を振った。

「私も、困っているんですよ。依頼主の五十嵐由美さんを、九日に呼んでおきながら、昼になっても、小島が出勤してこない。電話しても、出ないんです。彼の机を捜しましたが、報告書は、見つかりません。今日になっても、小島は雲がくれしたままなんです。嘘じゃありません」

必死の顔でいうのをきいていると、嘘をついているとは、思えなかった。

「小島という探偵は、五十嵐真紀を見つけ出したんですかね？」

「それなら、同僚にきいたら、わかるんじゃありませんか」

「いや、同僚も知らない彼の生活だよ」

と、十津川は、いった。

「つまり、上司や、同僚に知られたくない彼の私生活ということですね？」

「そのとおり」

と、十津川は、笑った。

「普通に考えると、金の匂いのする生活ということになりますが、預金通帳といったものは、見つかりませんね」

と、亀井が、いった。

「一冊もないのは、かえって、おかしいね。部屋のなかを見る限り、別に、ぜいたくな生活をしているようには、思えないからね」

と、十津川は、いった。

「近くの銀行に、当たってみます」

と、亀井は、いった。

刑事たちが、いくつかの銀行に当たった結果、N銀行の支店に、小島が、偽名で預金していたことがわかった。

その金額は、一千八百万円で、三百万、五百万というまとまった金額が、ここ二年間にわたって、振りこまれていた。

もちろん、正当な収入とは、思われなかった。

中田探偵社は、固定給と、歩合《ぶあい》の二本立てで、固定給は、五万円と少なく、あとは、一つの調査ごとに、二十パーセントが、探偵の収入になっていた。

小島の収入は、だいたい、月に三十万前後である。

「すると、この百万単位の収入は、どう考えたら、いいんですか?」

と、十津川は、もう一度、三浦に会って、きいた。

三浦が、狼狽《ろうばい》した表情になったところを見ると、小島が、不正を働いていることは、うすうす気づいていたのではあるまいか。

それでも、三浦は、

「私としても、どう考えたらいいのか、当惑しているところです」

と、いった。

「しかし、この入金の状況は、明らかに、ゆすりを、連想させますね」

と、十津川は、遠慮なく、いった。三浦は、渋面《じゆうめん》を作って、

「そう決めつけられると、困るんですが」

「他に、どんなことが、考えられますか？」

「急にいわれても困りますが、私としては、うちの探偵を、信頼したいので――」

「これでも、信頼できますか？　この金額は、明らかに、ゆすりですよ。たぶん、引き受けた調査をネタに、依頼人か被調査人を、ゆすったんだと思いますね」

と、十津川は、いった。

「しかし、刑事さん、証拠は、ありません」

「調べれば、わかるんじゃありませんか、入金した時に、小島探偵が、どんな調査をやっていたかをです」

と、亀井が、いった。

「それは調べますが、何しろ、肝心《かんじん》の本人が、いませんので――」

「いき先の心当たりは？」

「そんなものは、ありませんよ」

「調べたんだが、この中田探偵社は、去年の今頃、探偵員の一人が、ゆすりで、逮捕されていますね。被調査人の秘密をつかみ、それをネタに、一千万円をゆすって、逮捕された。確か、探偵員の名前は――」

と、十津川が、いいかけると、三浦は蒼《あお》い顔で、手を振って、

「あれで、ずいぶん信用を失って、大変な痛手《いたで》を受けました。もう忘れたい事件ですよ」

「その二の舞が、ありそうですよ」

「小島君が、顔を出したら、質問して、事実を解明しますので、この件は、公《おおやけ》にしないで下さい。他の探偵の士気に関係してきますから」

と、三浦は、いった。

「公にはしませんよ。その代わり、われわれに協力していただきたい」

と、十津川は、いった。

「何をすれば、いいんですか?」

「小島探偵は、東京で失踪した五十嵐真紀の行方を、妹の由美の依頼で、調べていた」

「そうです」

「そして、行方はわからないが、失踪した理由は、わかったと、あなたに知らせている」

「そのとおりです」

「何とかして、その内容が、わかりませんかね?」

「残念ですが、わかりません。小島君に、すべて、任せていましたから」

と、三浦は、いった。

「しかし、探偵というのは、毎日の行動を、報告するんじゃないんですか？」

「そりゃあ、うちのように、大きな探偵社で、不正防止につとめているところでは、各探偵は、毎日、一日の行動を、報告することになっています」

「じゃあ、最近の小島探偵の行動は、把握《はあく》しているんじゃありませんか？」

と、亀井が、きいた。

「会社の車を使って、調査に回るわけですから、いった場所は、報告することになっていますが、そこで、誰に会ったとか、何を調べたとかいうことは、報告させていませんよ」

「それだけでいい。見せて下さい」

と、十津川は、頼んだ。

三浦は、渋々だったが、小島の行動表を見せてくれた。

彼が、毎日、会社の車を使って、調査に回っているから、会社としては、その行動を把握しておきたかったのだろう。

「この行動報告は、正確なんですか？」

と、十津川は、きいてみた。

三浦は、ニッと笑って、

「それは、大丈夫ですよ。車には、すべて、タコメーターがついていますから、それと照合すれば、正直に報告しているかどうか、わかります」

「なるほど」

と、十津川は、うなずいた。要するに、この探偵社は、自分のところの探偵を信用していないということなのだろう。会社に内緒で、仕事を引き受け、勝手に調査をして、料金を受け取る探偵がいるに違いない。

行動表のうち「五十嵐真紀」についてのものだけを抜き出して、十津川と亀井は、検討することにした。

小島は、十日間にわたって、この調査をしている。

「国立《くにたち》市××町に、三回いっていますね、何回も、繰り返しいっているのは、ここだけです」

と、亀井が、いう。

「ここに、何があるんですか?」

と、十津川は、三浦にきいたが、そこまでは、わからないという返事だった。

十津川は、東京の区分地図を借りて、この××町を見てみた。公園があり、住宅地区に見える。

他に、病院が二つあった。都立病院と、私立の栗田《くりた》という綜合病院である。

「このどちらかの医者か、入院患者に会いにいったんじゃありませんかね」

と、亀井が、いった。

十津川は、とにかく、いってみることにした。小島の顔写真を借り受け、それを持って、十津川と亀井は、車で、国立に向かった。

国立駅から、車で十二、三分の場所に、都立病院がある。まず、ここで、小島の顔写真を見せたが、彼に会ったという医者も、入院患者も、いなかった。

次は、さらに車で七、八分のところにある栗田綜合病院である。

ここの受付が、小島の顔写真を確認してくれた。

「確かに、この方が、何回か、お見えになりましたよ」

「何をしにきたんですか？」

と、十津川が、きいた。

「脳外科の東田《ひがしだ》先生に、会いにきたんです」

「その先生は、今日、いらっしゃいますか？」

と、きき、三階の脳外科に、案内してもらった。

東田は、四十代の若い医者だった。

「ああ、この人は、三回、お見えになりましたよ。名刺をいただいています」

と、東田は、いい、その名刺を見せてくれた。

〈日本医事ニュース　小島保〉

と、いう名刺だった。

「日本医事ニュースだって？」

と、亀井が、苦笑する。

私立探偵は、さまざまな調査をしなければならないので、その調査に、都合のいい名刺を、何枚も作って、持っていることがある。これも、その一つだろう。

十津川は、小島の身分は、明かさずに、

「彼は、何を調べにきたんですか？」

と、東田医師に、きいた。

「ちょうど、交通事故で、脳を強打して、手術をした患者がいましてね。完全な記憶喪失になっていたんですが、その患者を含めて、記憶喪失は、全治することがあるのかどうか、治療には、どんな方法があるかといったことを、きいていましたよ」

「その患者は、まだ、ここにいますか？」

「いや、家族が、引き取っていきました。記憶喪失は治っていませんが、身体の傷の方は、ほとんど、治癒《ちゆ》していましたのでね。まだ、車椅子が必要でしたが」

と、東田医師は、いった。

東田の話では、記憶を取り戻すには、家族と常に一緒にいるのが、一番いいのだという。

「それで、その患者の名前は、何というんですか？」

と、亀井が、きいた。

東田は、カルテを、出してきて、

「丸山《まるやま》みな子《こ》。二十五歳。ここへ運びこまれた時は、名前がわからなかったんですが、あとで家族がきて、わかったんですよ」

と、いった。

「なぜ、その患者を、丸山みな子と、断定されたんですか？」

十津川が、きくと、東田は、変な顔をして、

「今いったように、家族が、確認したからですよ」

「しかし、その家族が、嘘をついたかもしれないでしょう？」

「なぜ、嘘をつくんです。記憶喪失の家族を抱《かか》えて、辛抱《しんぼう》強く治すのは、大変なことですよ。嘘をついてまで、なぜ、そんな重荷を背負う物好きがいますかねえ」

と、東田医師は、いった。

「その家族ですが、どんな人が、きたんですか？」

「父親と、兄です」

「その二人が、自分の娘であり、妹だと、いったんですね？」

「そうです」

「その証拠といったものを、先生に見せましたか？」

と、亀井が、きいた。

「兄妹《きょうだい》で撮《と》った写真を見せてくれましたよ。楽しそうに、笑って、写っていましたね。だから、信用したんです」

「その写真の女は、間違いなく、患者でしたか？」

「ええ。もちろん。写真は、三枚ありましてね。どれも、兄妹で、楽しげに、写っていましたよ」

と、東田は、微笑した。

「その患者ですが、この女性じゃありませんか」

十津川は、用意してきた五十嵐真紀の写真を、東田に見せた。

東田は、じっと見てから、

「刑事さんも、彼女の知り合いなんですか」

「やはり、この女性なんですね？」

「そうです」

「その父親と兄の名前と、住所は、わかりますか？」

「ええ。きいておきました」

と、東田は、うなずき、手帳を見せてくれた。

〈丸山　雄造《ゆうぞう》〉

〈丸山　哲《さとし》〉

と、あり、東京杉並《すぎなみ》区の住所が、書かれてあった。

もちろん、住所も、名前も、でたらめだろう。だが、十津川は、念のために、それ

を自分の手帳に、書き写してから、

「その患者は、車椅子にのって、帰宅したといわれましたね？」

「ええ。腰が、まだ、完全に治っていませんでしたから。まあ、腰の方は、あと一カ月もすれば、自然に治るはずですが」

「車で、退院したんですね？」

「そうです。車で、迎えにきましたよ」

「その車のナンバーを、覚えていませんか？」

と、十津川は、きいた。

「覚えていませんが、事務局の人間が、写真を撮っていたようです。退院というので、看護婦が、花束を渡したりしてね」

と、東田医師は、笑顔で、いった。

「その写真を、ぜひ、見たいんですが」

と、十津川が、いうと、東田は、すぐ、その事務局員を呼んでくれた。

彼は、二枚の写真を、見せてくれた。

車椅子にのり、花束を抱えている五十嵐真紀の写真と、車の助手席の窓から、手を振っている若い男が、写っているものの二枚である。後者の写真は、リアシートに乗った五十嵐真紀を撮ったものだろうが、男も、入ってしまっているのだ。

車は、シルバーのニッサン・シーマとわかるが、ナンバーは、写っていない。

十津川は、礼をいって、病院を出ると、車に戻り、亀井に、

「念のために、丸山雄造と丸山哲という二人の住所を調べてみよう。たぶん、でたらめだろうがね」

と、いった。

亀井は、車の無線電話を使って、杉並警察署に連絡し、控えていた住所を調べてくれるように、いった。

結果は、簡単にわかった。杉並区に、その丁目はないというのである。やはり、でたらめだったのだ。

次に、問題の事故について、調べておくように、西本《にしもと》刑事たちに連絡しておいてから、捜査本部の置かれた築地《つきじ》署に、帰った。

西本が、待っていて、

「七月十八日に起きた事故ですが、どうも、はっきりしません」

と、十津川に、報告した。

「はっきりしないというのは、どういうことかね？」

「十八日の深夜、午前三時半頃、国立駅近くの公園入口に倒れている女性を、タクシー運転手が見つけて、一一九番したのが、発端です。救急車は、すぐ、栗田綜合病院に運びました。頭を強打しており、また、腰の打撲のあとがあるので、車にはねられたと考え、交通係が調べましたが、今に到るも、該当する車が、見つかっていません」

「それで、はっきりしないというのは、どういうことなんだ？」

「ひょっとすると、交通事故ではないのではないかということなんです」

「つまり、交通事故に見せかけたのではないかということか？」

「そうなんです」

「病院で、手術を受けたが、記憶を失ってしまったか」

「何者かが、彼女の頭を強打し、死んだと思って、放り出しておいたというのが、真相かもしれません」

「なるほどねえ」

十津川は、うなずきながら、丸山哲と名乗った男のことを、考えていた。

東田医師の話では、彼は、五十嵐真紀と一緒に写っている写真三枚を持ってきて、それを、兄妹の証拠にしたという。

合成写真とは、思えない。といって、兄妹というのも、嘘だ。

とすれば、二人は、男と女として、つき合っていたことがあり、その時に、撮った写真に違いない。

丸山哲というのが偽名であっても、五十嵐真紀の周辺を調べていけば、必ず、この男が、あぶり出されてくるはずだと、十津川は、思った。

3

翌日から、十津川は、三つの捜査を進めることにした。

一つは、丸山哲と名乗った男の割り出しである。

第二は、シルバーのニッサン・シーマの捜索だった。

そして、第三は、行方不明になっている小島探偵を見つけ出すことである。

この三つが解明できれば、自然に、五十嵐真紀が、現在、どうなっているかわかるだろうし、妹の由美に、青酸入りのカプセルを飲ませた犯人も、わかってくるはずだと、十津川は、思った。

五十嵐真紀が働いていた鉄鋼会社に出むいた刑事たちは、彼女の男関係を、きいて回った。

上司に会い、同僚にも会った。

「彼女、美人だし、話好きだったから、ボーイフレンドは、何人もいたわ」

と、同僚だった女子社員が、いった。

確かに、社内にも、何人かのボーイフレンドがいたようだが、そのなかに、丸山哲と思われる男は、いなかった。

彼女は、三鷹《みたか》の1Kのマンションに住んでいたのだが、刑事たちは、そこにも、足を運んだ。

刑事たちは、部屋の隅々まで捜してみたが、丸山哲と思われる男の写真は、見つからなかった。

刑事たちは、もう一度、鉄鋼会社に引き返し、前に、話をきかなかった社員に会って、彼女のことをきいてみた。その結果、彼女が、最近、ひとりで、六本木《ろっぽんぎ》のディスコにいっていたらしいことが、わかった。

もちろん、刑事たちは、そのディスコへいってみた。そして、西本刑事が、丸山哲の写真を見せて、回った。

店の男の一人が、あっさりと、

「知っていますよ」

と、いった。

「ここの常連かね？」

と、西本は、きいた。

「最近、顔を見ませんが、前は、よくきていましたよ」

「名前は、丸山哲かね？」

「いや、違いますね。確か、早坂《はやさか》って、いってましたよ」

「何をしてる男か、わかるかね？」

「ボクが、車のことをいったら、車なら、安く世話してやるよって。だから、車の販売に関係する仕事をしてるんじゃないかと思いますね」

「他に、この男のことで知っていることはないかね？」

と、日下《くさか》刑事が、きいた。

「そうですねえ。女には、マメな男ですよ。だから、よく、もててましたよ」

「どこに住んでいるか、知らないかな？」

「わかりませんね。ただ、ちょっと、危ない仕事に、手を出してたんじゃないかな」

と、相手は、いった。

「車関係の仕事をしてるんじゃなかったのかね？」

「そうなんですけどね。時々、夢みたいな話をしてたんですよ」

「どんな話だね？」

「何百万とか、何千万とかが、簡単に、手に入るみたいなことを、時々、いってましたからねえ」

「彼に、連れはいなかったかね？」

「女の子を、よく、連れてきてましたがねえ。ひとりじゃなく、違った女をです」

「この娘《こ》も、彼と一緒によくきていたわけだね？」

と、西本が、五十嵐真紀の写真を見せた。

「ええ。一緒にいるのを、見てますよ。彼女の場合は、女の方が、追っかけてるって、感じでしたねえ」

「男は、いつ頃から、ここに、姿を見せなくなったのかね？」

「先月の中旬くらいですかねえ。そういえば、彼女も、その頃から、見かけなくなりましたねえ」

と、相手は、いった。

刑事たちは、この店の常連の女の子で、丸山こと早坂とつき合ったという娘を見つけて、話をきくことにした。

大学三年生だという女は、西本の質問に対して、

「つき合ってると、楽しいんだけど、変なところもあったわ」

「変というのは？」

「車で、よく送ってくれたけど、決して、自分のマンションには、連れていかないの。普通の男なら、連れていきたがるんじゃないかしら」

「車は、シルバーのシーマだったかね？」

「そうよ。新車だったわ」

「どんな仕事をしている男かね？」

「それが、わからないの。普通のサラリーマンじゃないわね」

「なぜ、そういえるのかね？」

「普通のサラリーマンが、シーマを乗り回したり、ロレックスの腕時計をしたりしてる？」

と、彼女は、笑った。

「金使いが、荒かったかね？」

と、日下がきいた。

「そうね。機嫌のいい時は、シャネルのハンドバッグをポンと、買ってくれたりするのよ。でも、怖い時もあったわ」

「怖い——?」

「ええ。ふっと、とても怖い眼をする時があるのよ。だから、友だちとも話したんだけど、ひょっとして、彼、何か、悪いことしてるんじゃないかって」

ディスコで踊っていた時、彼が、いきなり、傍《そば》にいた男を殴《なぐ》り倒したことがあるとも、いった。その理由は、たまたま、相手が彼の足を踏んだからだという。

「私ね、そんなことくらいで、殴るのやめなさいっていったの」

「そしたら?」

「仕事のことで、気が立ってるんだって、いってたわ。そのくせ、どんな仕事か、教えてくれないのよ」

「彼の乗っている車のナンバーを、知らないかね?」

と、西本が、きいた。あまり期待しないで、きいたのだが、

「知ってるわ」

という答えが、返ってきた。

「よく知ってるね」

「私の誕生日と、十番違いだから、覚えてるの。私の誕生日は、昭和四十六年三月七日なんだけど、彼のシーマは、四六四七だわ。喜んでくれると思って、そのことをいったら、彼、急に不機嫌になったわ。変な人なの」

「助かったよ」

と、西本は、笑顔になって、いった。

一つの突破口が、出来た。陸運局に問い合わせて、四六四七のシーマの持ち主を、調べてもらった結果、一つの名前が浮かびあがってきた。

早坂哲次《てつじ》。二十八歳。住所は、中野《なかの》区丸山《まるやま》になっていた。

早坂というのは、偽名ではなかったのだ。それに、丸山哲という偽名にも、本名のなかの字が一つ、入っていたわけだし、住所の丸山を姓に使っていたのだ。それだけ、あわてて、偽名を使ったのだろう。

しかし、目当てのマンションから、早坂は、すでに、引っ越ししてしまっていた。

502号室なのだが、管理人の話では、先月の十九日に、あわただしく、引っ越したのだという。

「予告なしに、突然、引っ越していったんですか？」

と、十津川が、きくと、管理人は、

「そうなんですよ。突然、トラックがきて、引っ越していったんです。どうしたんですって、きいたら、急に結婚することになったからって、いってましたが、あれは、嘘ですね」

と、いって、笑った。

「なぜ、嘘だと思うんですか？」

十津川は、興味を持って、きいた。

「嬉《うれ》しそうな顔は、ぜんぜんしてないし、何か、怯《おび》えたみたいに、そわそわしてましたからね。ありゃあ、何か、悪いことをして、逃げ出したんだと思いますねえ」

と、管理人は、いう。

「早坂という男は、何をしていたんだね？　どんな仕事をしていたのかね？」

と、亀井が、きいた。

「自分じゃ、車の販売をしてるんだといってましたがねえ。どこまで、信用していいのか」

管理人は、肩をすくめた。

「なぜ、信用できないのかね？」

「車のセールスをやってるんなら、カタログを持ってるとか、毎日、車で、セールスに出かけるんじゃありませんか。それなのに、カタログを見たいといっても、持ってないし、何日も、部屋にこもっているかと思うと、急に、夜おそく出かけていったりですからね」

「誰かが、訪ねてきたことは、ありませんか？」

と、十津川が、きいた。

「それなんですがねえ。ふしぎに、女の人は、連れてきませんでしたよ。男も、中年の男が、時々、顔を見せてましたが、それだけですよ」

「部屋を見せてくれませんか」

と、十津川は、いった。

「何もありませんよ」

「それでも、構いません」

と、いって、十津川は、亀井と五階へあがっていった。

確かに、何も残っていなかった。古新聞と雑誌が、ガランとした部屋の隅に、積み重ねてあるだけだった。

「鑑識を呼んでくれ」

と、十津川は、亀井に、いった。

鑑識がやってくると、十津川は、あることを頼んだ。鑑識は、持ってきた小型の掃除機で、部屋中のゴミや、埃《ほこり》を吸い取っていたが、それがすむと、帰っていった。

「われわれも、帰ろう」

と、十津川は、亀井に声をかけた。

捜査本部に戻ると、十津川は、早坂哲次について調べるように、西本刑事たちに、いった。シーマを運転しているのだから、免許証を持っているだろう。その線から、何かつかめるのではないかと、思ったのである。

翌日になって、鑑識の田口《たぐち》技官が、ニコニコ笑いながら、顔を出して、

「君のいうとおりだったよ。押入れの埃に、覚醒剤の粉末が、混じっていたよ」

「やはりねえ。何かあると、思っていたんだ」

と、十津川も、笑顔になった。

「これは、自分で使うために、持っていたんじゃないね」

「彼は、自分では、使っていないと思うよ。使っていれば、ディスコで遊んだ女性たちが、気づいているはずだ」

「押入れの一カ所からではなく、広い場所から、採取されたから、隠してあった量は、かなりのものだったと、思うよ」

と、田口技官は、いった。

少しずつ、事件が、解明されていく感じがする。

「これで、五十嵐真紀が、狙《ねら》われた理由が、わかったような気がしますね」

と、亀井は、いった。

「早坂は、六本木のディスコで女を引っかけて遊んでいたが、自宅には、連れていかなかった。ところが、五十嵐真紀は、きっと、それを不思議に思って、早坂を尾《つ》けていったんじゃないかな。そして、早坂の正体を、知ってしまった」

と、十津川は、いった。

「早坂は、危険を感じて、五十嵐真紀を、自動車事故に見せかけて、殺そうとしたんでしょうね。ところが、死んだと思った彼女が、栗田病院で、手術を受け、助かってしまった。あわてたが、早坂にとって、幸運だったのは、彼女が、記憶喪失になってしまったことでしょう。そうでなければ、今頃、逮捕されていたはずですし、真紀の妹も、死なずに、すんでいたはずです」

と、亀井は、残念そうに、いった。

「早く見つけないと、五十嵐真紀が、危ないな」

と、十津川は、いった。

「もう、殺されているんじゃありませんか？」

西本が、きいた。

「かもしれないが、記憶を失っている限り、安全だから、まだ、殺されていないことを念じているんだ」

と、十津川は、いった。

「何とかして、早坂を見つけ出して、捕まえたいですね」

亀井が、いう。

だが、どうやれば、見つけられるのか？

早坂が、覚醒剤密売のボスとは、考えられない。

彼と一緒に五十嵐真紀を迎えにきた中年の男が、ボスではないのか？

十津川は、麻薬・覚醒剤取締りの担当刑事たちにも、協力を求めることにした。幸い、同期で、警視庁に入った須永《すなが》警部が、そちらの捜査に、当たっている。

十津川は、すぐ、須永に会った。

須永は、十津川を迎えると、深刻な表情で、

「今も、厚生省の麻薬取締官と電話で話をしていたんだが、最近、若者への麻薬や、覚醒剤の滲透《しんとう》が、一層、広がっていてね。若者が、ファッション感覚で、手を出すの

で困るということだよ」

と、いった。

「覚醒剤関係で、早坂哲次という男を知らないかな？　二十八歳で、車の販売をやっていると自称しているんだが」

と、十津川は、いった。

「ああ、前に一度、覚醒剤の密売で、捕まえたことがある。この時は、証拠不十分で釈放されている。今も、マークしているはずだが、捜査一課が、彼に、何の用なんだ？」

と、須永が、きく。

「殺人容疑だよ」

「やつは、殺人《ころし》までやるようになったのか」

「今、証拠を捜しているんだがね。行方をくらませている」

「殺人をやったとすると、奴も、年貢《ねんぐ》の納《おさ》め時かな。今まで、奴は、自宅には、絶対に、他人《ひと》を連れていかなかった。女好きで、よく、ディスコで知り合った女なんかと遊ぶんだが、決して、自分のマンションに連れていかない。それで、今まで、覚醒剤密売の証拠が、なかなか、つかめなかったんだ」

と、須永はいった。

「それが、一人だけ、彼のマンションにいった女がいたんだよ」

「まさか。奴が、連れていくはずはないんだがね」

「彼を、尾行して、忍びこんだんじゃないかな」

と、十津川はいい、五十嵐姉妹のことを、話した。

「それじゃあ、姉の真紀の方も、危ないじゃないか」

と、須永は、いった。

「そうなんだ。早坂は、いち早く、姿を消してしまってね」

「あのマンションから、逃げ出したのか」

「行先は、わからない。彼がよく行動を共にしている中年の男が誰か、知りたいんだよ」

と、十津川はいい、栗田病院の医者や、看護婦の証言から作った似顔絵を、須永に見せた。

「この男か」

と、須永は、似顔絵を見ていたが、

「たぶん、加《か》東《とう》滉《あきら》という男だと思うよ」

と、いった。

「どんな男なんだ？」

「得体《えたい》の知れない男でね。金融業をやったり、バブルの時は、不動産の仕事をしたり、一時は、暴力団K組に籍をおいていたこともある。とにかく、どうやって稼《かせ》ぐのかわからないが、金は、持ってるよ」

「覚醒剤にも、手を出しているんじゃないのかね？」

「そうだな。その疑いは、持ってるよ。バブルがはじけた今、一番、儲かるのは、麻薬や、覚醒剤だと思っている人間も多いからね」

「この男が、どこに住んでいるか、わかるかね？」

十津川は、あまり期待しないできいたのだが、須永は、あっさりと、

「わかるよ。白金台《しろかねだい》のマンションにいなければ、伊豆《いず》の別荘にいるはずだ」

「別荘があるのか？」

「ああ、伊東《いとう》でおりて、車で、七、八分のところだ。われわれが動き出すと、すぐ、この別荘に逃げこむのさ。向こうでは、市や県に多額の献金をして、名士だから、やりにくいんだ。君も、ぶつかるなら、それ相応の覚悟がいるよ」

と、須永はいい、その別荘の場所を、地図に描いてくれた。

十津川は、捜査本部に引き返すと、亀井と、この別荘を訪ねてみることに決めた。白金台のマンションの方には、西本と、日下の二人の刑事をいかせることにした。

「たぶん、そこにはいないと思うが、加東についての聞き込みをやってきてほしい」

と、十津川は、西本たちにいった。

「なぜ、そこにいないと、思われるんですか?」

と、西本が、きいた。

「いくら広いマンションでも、女一人隠したり、早坂をかくまったりは、無理だろう。管理人や、ほかの住人の眼があるしね。だから、別荘にいると思っているんだ」

と、十津川は答えた。

西本と日下の二人が出かけたあと、十津川は、亀井と、パトカーを伊東に向かって飛ばした。

伊東の加東滉の別荘に着いた時は、陽が落ちて、暗くなっていた。

加東の別荘は、小高い丘の中腹に、まるで要塞《ようさい》のように、建てられている。門には、監視カメラが、客を監視していた。

門の前に立って、インターホンで、来意を告げると、

「念のためです。警察手帳を、見せて下さい」

と、男の声が、インターホンからきこえた。

十津川が、監視カメラに向かって、警察手帳を示すと、門が、ゆっくりと開いた。

「やたらと、厳重だな」

と、十津川は、苦笑しながら、玄関に向かって、歩いていった。

若い男が、玄関の扉を開けて、二人をなかに通した。眼つきが鋭く、指の関節が、ふくれているように見えるのは、空手でもやっているのか。

二階の、超ワイドな窓のある部屋に導かれた。伊東の町の灯《ひ》が、一望できる部屋だった。そこで、しばらく待たされてから、加東が、和服姿で入ってきた。

小太りで、髪は黒々としていたが、染めている黒さだった。

「私にききたいことがあるそうですが、どんなことですか?」

と、加東が、十津川を見た。

「私たちと一緒に、いっていただきたいところがあるんですよ」

と、十津川は、いった。

加東は、窺《うかが》うように十津川を見、亀井を見て、

「まさか、警察へ連行しようというんじゃないでしょうな? それなら、令状を見せていただきたいですね」

「いや、一緒にいっていただきたいのは、病院ですよ」

「病院？」

「東京国立の病院です。栗田という私立の病院です」

と、十津川がいうと、加東の顔に、小さな動揺が走った。

「なぜ、そんなところに、いかなきゃならんのですか？　私は、健康そのものだし、主治医も、ちゃんといますから、警察の方に、紹介してもらう必要はありませんね」

「診察してもらうんじゃありません。そこの医者と看護婦に会っていただければいいんです」

「なぜですか？」

「先月、丸山と名乗る男が、この病院にやってきましてね。息子を連れてです。この親子は、病院に入院していた女性を、自分の娘、妹だといって、連れ去ったのですよ。ところが、これが、まったくのでたらめだったのです」

十津川がいうと、加東の顔が、険《けわ》しくなった。

「それが、私と、どんな関係があるんですか」

「この丸山という男が、あなたではないかという噂《うわさ》があるのですよ」

と、十津川は、いった。

「馬鹿馬鹿しい。こう見えても、私は、この伊東では、尊敬されている人間です。福祉にも、いささかの献金をして、感謝されています。そんな私が、偽名を使って、人を欺《だま》すような真似《まね》をするはずがないでしょう」

加東は、激しい口調でいった。

「よくわかりますよ。だから、その誤解を正《ただ》すためにも、その病院にいっていただきたいのですよ。医者や看護婦も、あなたを見れば、噂が間違いだと、すぐわかるはずです。ぜひ、そうしていただきたいですね」

「そんな必要はないでしょう。私は、違うんだから」

と、加東は、いった。

「残念ですねえ。このままでは、誤解されたままになってしまいますよ」

「それは、弁護士と相談して、対抗策を考えますから、ご心配なく」

と、加東は、いった。

「そうですか」

と、十津川は、うなずいてから、

「ところで、早坂さんは、お元気ですか？」

と、いきなりきいた。

また、加東の顔に、動揺の色が走った。

「誰ですって？」

「早坂哲次さんですよ。確か、ここにきているはずなんですがね」

「そんな男は、知りませんよ」

「おかしいですね。彼は、中野のマンションから、急に姿を消したんですが、知り合いの加東さんの伊東の別荘にいくといっていたそうです。このあたりに、他に加東という人が、住んでいますか？」

「さあ、知りませんが、私は、早坂などという男は、まったく知らんのです。だから、すべて、でたらめですよ。不愉快だ」

と、加東は、むっとした顔で、いった。

「加東さんは、港区の白金台にも、マンションを、お持ちですね？」

「持っていますよ。それが、何か？」

「早坂哲次は、この別荘ではなく、白金台のマンションを訪ねたのかも知れませんね。これから、東京へ帰って、そちらを見てみます」

と、十津川はいい、亀井を促《うなが》して、立ちあがった。

4

二人は、パトカーに戻ると、車をスタートさせた。

「白金台のマンションに、いってみるんですか?」

と、ハンドルを握って、亀井がきく。

十津川は、笑って、

「そこには、誰もいないさ。もし、早坂が、そこにいるんなら、加東は、あわてたろうが、まったく平気な顔をしていたよ。マンションにいかせた、西本と日下から、なんの連絡も、ないしね」

「では、これから、どうしますか?」

「帰京したと思わせて、あの別荘を見張る。きっと、早坂はあそこにいるはずだ。それに、まだ殺されていなければ、五十嵐真紀も、いると思っている」

と、十津川は、いった。

「それでは、西本刑事たちも、呼びましょう」

と、亀井が、いった。

伊東市内のガソリンスタンドで給油した時、亀井が、電話を借りて、西本にかけた。

すぐ、こちらへくるようにいうと、西本は「わかりました」と、いってから、

「会津若松から、五十嵐慶子さんがきています」

「慶子？　ああ、末娘さんか」

「そうです。姉の真紀さんが、どうなっているのか、知りたがっています」

「それで、何といったんだ？」

「全力を尽くして捜していますとだけ、いっておきました」

「それで、いいよ」

と、亀井は、いった。

十津川は、ガソリンスタンドで、伊東市周辺の地図をもらい、それで、別荘の位置を確認し、そこから、伊東市内に出てくる道路が、一本しかないことも確かめた。

十津川は、その道路の途中にパトカーを隠して、見張ることにした。

夜半近くになって、西本と日下の二人も、覆面パトカーで、到着した。

「五十嵐慶子は、どうしてきた？」

と、亀井が小声で、西本にきいた。

「北条《ほうじよう》刑事に、任せてきました。同じ女性同士ですから、気持ちもわかると思いまして」

と、西本が、いう。

傍できいていた十津川が、暗いなかで、

「彼女のためにも、何とか、五十嵐真紀を助けられると、いいんだがね」

と、いった。

若い日下刑事は、丘の上の別荘の明かりを睨《にら》んで、

「いっそのこと、これから踏みこんで、彼女を助け出したらどうですか？　ここでじっと監視しているより、その方が、早く解決できますよ」

と、いった。

「私だって、そうしたいさ。だが、もし五十嵐真紀や、早坂がいなかったら、どうするんだ？　加東は、当然、法律に訴えて、われわれを告発してくるぞ。そうなれば、二度と、加東に手出しが出来なくなる」

十津川は、叱《しか》りつけるように、いった。

第一、今の状況では、逮捕令状も出ないだろう。

だから、待って、相手の動きを見るより仕方がない。

「連中は、動きますか？」

と、西本が、きいた。

「さっき、脅しておいたからね。こちらの推測が当たっていて、あの別荘に、五十嵐真紀や早坂がいれば、手入れを恐れて、何とかしようとするはずだ。だから、必ず、動くさ」

十津川は、自分にいいきかせる調子で、いった。

自信があるとは、いい切れない。ひょっとすると、すでに、すべて処分してしまっているかもしれないからである。五十嵐真紀も早坂も、今頃は死体になって、この伊豆の山中に埋められているか、あるいは、伊豆の海で沈められてしまっているのではないか。

いつの事件の時でも感じる不安がある。それは、こちらが、いつも後手《ごて》に回っているのではないかという不安だった。

十津川の不安が、伝染したみたいに、全員が寡黙《かもく》になっていた。

別荘は、いぜんとして静まり返ったままである。

「夜が明けないと、動かないのかもしれませんね」

と、亀井が、いった。

「私が、忍びこんで、様子を見てきましょうか」

と、西本が、十津川にいう。

「見つかったら、すべてが、ぶちこわしになるぞ」

と、十津川がたしなめると、西本は、

「しかし、警部。こうしているあいだに、五十嵐真紀を殺して、庭に埋めているかもしれませんよ」

と、いった。

「私を不安にさせないでくれ」

と、十津川は、重い口調でいった。そういうことは、十津川だって考えて、恐れているのだ。

午前五時になると、もう夜が明けて、朝の太陽が顔を出す。今日も一日、暑くなりそうな気配だった。

ふいに、別荘の方で、自動車のエンジンの音がした。

ゆるい坂道を、一台の車が走ってきて、十津川たちの隠れている傍を、通過していった。

車は、シルバーのニッサン・シーマ。運転席には、若い男がいた。

「すぐ、尾けるんだ」

と、十津川は、西本と日下に、いった。

二人が、車に飛び乗る。

「連絡を忘れるなよ」

と、亀井が、声をかけた。

西本たちの覆面パトカーが、シーマを追って走り去ったあと、十津川は、じっと、別荘を見やった。

さっき、車に乗って飛び出していったのは、早坂だったはずだ。間違いない。

たぶん、加東は、十津川たちの言葉に怯《おび》えて、かくまっていた早坂を、逃がしたのだろう。

「いき先は、国外かな」

と、十津川が、呟《つぶや》くと、

「何がですか？」

と、亀井がきく。

「さっき、車で逃げ出していった早坂だよ。国外へ逃げ出す気かもしれない」

「それなら、空港で押さえましょう。覚醒剤密売の容疑ということなら、緊急逮捕できるんじゃありませんか？」

と、亀井が、いった。

「西本刑事たちから、連絡があって、早坂が海外へ飛ぶようだったら、すぐ、押さえるようにいおう」

と、十津川は、いった。

5

早坂の乗ったニッサン・シーマは、東京に向かって、走り続ける。

だが、東京の街も、走り抜けた。

追いかける西本たちの車も、東京の街を走り抜ける。

「いき先は、どうやら、成田《なりた》空港らしいな」

と、助手席の日下が、前方を見つめながら、いった。

「警部に連絡をとってくれ。敵は、海外逃亡の恐れがあるとね」

ハンドルを握る西本が、大声でいった。

日下は、車の無線電話を使い、司令室を通して、伊豆にいる十津川に、連絡をとった。

「今、成田空港へいくバイパスに入ったところです。間違いなく、空港へいくと思います」

と、日下は、いった。

――海外へ逃げるようだったら、奴を逮捕しろ。理由は、覚醒剤密売の容疑だ。

「わかりました。そちらは、どうですか？」

――早坂が出かけたあとは、何の動きもない。見守っているところだ。

と、十津川は、いった。

予想どおり、シーマは、バイパスを出て、成田空港へ入っていった。

頭上を急上昇していくボーイング７４７の巨体が、見える。逆に、空中にただよっている感じで、ゆっくりと、着陸態勢に入る旅客機。

早坂は、駐車場に車をとめると、トランク一つを持っておりた。かなり大きなトランクである。

それを抱《かか》えるようにして、早坂は、出発ロビーに入っていった。

西本と日下も、その後に続いて、ロビーに入った。

早坂は、日航のカウンターにいき、係員に何か話している。

もう、国外脱出は間違いなかった。

西本と日下は、顔を見合わせてうなずき合ってから、早坂に近づいていった。

「早坂さんですね」

と、両側から挟《はさ》むようにして、右側の西本が、声をかけた。

振り向いた早坂が、強い眼で、西本を見て、

「何なんだ？　君たちは」

「警視庁捜査一課の者です」

と、反対側から日下がいって、警察手帳を突きつけた。

早坂の顔色が、変わった。

「警察が、何の用です。別に悪いことはしていないし、外国へいくのに、いちいち警察の許可が、必要なんですか？」

と、口だけは、強い調子だった。

「まず、そのトランクを開けて、なかを見せてくれませんか」

西本は、いった。

早坂は、狼狽の色になって、

「そんな権限が、警察にあるのか！」

と、叫んだ。

「覚醒剤密売の容疑です」

と、日下が、いった。

「そんなものは、見たこともありませんよ。疑うんなら、身体検査でも、何でもして下さい」

「とにかく、そのトランクのなかを見せて下さい」

と、西本が、強い口調でいった。

早坂は、赤いトランクを、身体で隠すようにして、

「このなかに、覚醒剤なんか、入っていませんよ。着替えの下着や、日本の煙草《たばこ》が、入れてあるだけです」

「見せられないんですか？」

「そんなことはありませんが、令状があるんですか？」

と、早坂は、反撃してきた。

「緊急の場合は、令状は必要じゃないんですよ。どうしても、開けないのなら、こちらで勝手に開けますよ」

と、日下が、いった。

「じゃあ、一緒に、そこの空港派出所まできて下さい。そこで、開けましょう」

「困りますよ」

「断る！」

早坂が、大声を出した。

西本は、構わずに、トランクを横倒しにして、拳銃の台尻で、錠《じょう》を叩きこわした。

「何をするんだ！」

という早坂の叫びの声のなかで、西本が、トランクを開けた。

「これは、これは――」

と、日下が、声をあげた。

トランクのなかに、一万円の札束が、詰まっていたからだった。五千万円は、あるだろう。

早坂の顔が、蒼ざめている。

西本は、ばたんと、トランクを閉めると、早坂に向かって、

「どうしても、この大金の説明をきかなければなりませんね」

「一緒に、派出所へきて下さい」

と、日下が、いった。

空港派出所に着くと、西本が早坂を訊問《じんもん》しているあいだ、日下は、伊豆にいる十津川に連絡をとった。

「早坂は、五千万円入りのトランクを持っていました。今、西本刑事が、その金の出所などを、きいているところです」

6

十津川は、日下からの報告を受け取ると、亀井に、

「五千万とは、豪勢だね」

と、いった。

「それが、逃亡資金でしょうか？」

「わからんね。覚醒剤密売で、儲けた金であることは、まず、間違いないと、思うんだがね」

と、十津川は、いった。

「早坂は、あの別荘のなかに、五十嵐真紀がいるかどうかについては、まだ、喋《しやべ》っていませんか？」

「西本刑事たちは、それを重点的に、訊問しているんだが、早坂は、何も知らないの一点張りらしい」

「認めれば、自分が監禁したことが、わかってしまうので、否認しているんでしょう」

と、亀井は、舌打ちした。

「このままでは、時間が無駄に過ぎてしまうな」

十津川は、いらだちを示して、いった。

あの別荘のなかで、加東が、さまざまな証拠を消してしまおうと考えているかもしれない。そうなれば、真っ先に、五十嵐真紀を、消してしまおうとするだろう。

広い別荘である。殺して、庭のどこかに埋められてしまうかもしれない。そうなる前に、助け出さなければならないのだが。

「早坂が、五十嵐真紀のことで、自供したと、カマをかけてみたらどうでしょうか？」

と、亀井が、十津川にいった。

「あの別荘のなかに、彼女が監禁されているとかね？」

「そうです」

「やってみたいが、万一、彼女が、別の場所に監禁されているとしたら、加東に、嘘がばれてしまうよ。こちらの足元を見られてしまう」

と、十津川が、いった時、車の無線電話が鳴った。

十津川が取ると、甲高《かんだか》い北条早苗《さなえ》の声が、飛びこんできた。

「五十嵐慶子が、いなくなってしまいました」

と、早苗が、いった。

「どういうことなんだ？」

「疲れたので、ホテルに戻って、しばらく休みますというので、帰したんですが、今、念のためにホテルに電話してみたら、彼女、戻っていないんです」

「どこへいったか、わからないのかね？」

「そちらへいったのかもしれません」

「ここへ？　加東の別荘のことを、話したのかね？」

「申しわけありません。しきりに、姉の消息を知りたがるので、つい、加東の別荘のことを、話してしまいました。なぐさめになると思いまして」

と、早苗が、いった。

「わかった、彼女が、やってきたら、ここで、押さえるよ」

「私は、何をしたらいいでしょうか？」

　と、早苗が、きく。

「三田村《みたむら》刑事は、そこにいるか？」

「はい。おります」

「それなら、二人で念のために、白金台の加東のマンションにいって、調べてみてくれ」

　と、だけ、十津川は、いった。

「五十嵐慶子が、ここへくるんですか？」

　亀井が、十津川に、きいた。

　陽が高くなり、猛暑が、寝不足の十津川たちに襲いかかってくる。車は、林のなかに入れてあるのだが、それでも、車体は、熱くなってきていた。

「ああ、彼女は、ここへくる。一刻も早く、姉の消息を知りたいんだろう。姉妹とすれば、当然の気持ちだよ」

「車でくれば、この道も通りますが、彼女が駅から歩いてきたら、見つからないかもしれませんね」

「それが、心配だよ」

と、十津川は、いった。慶子が、新たな人質になってしまう恐れがあるからだ。

いらだちが、どんどん、大きくなってくる。

「早坂の自供が取れればいいんだがねえ」

と、十津川は、いった。

「西本たちが、早坂を殴りつけてでも、あの別荘のなかに、五十嵐真紀が監禁されているかどうか、喋らせればいいのに」

亀井が、いらだたしげに、いった。

「そうもいかないだろうが」

「私なら、殴りつけてでもやりますよ」

と、亀井が、いった。

時間が、たっていく。

十津川は、腕時計に眼をやった。もし五十嵐慶子が、東京から列車に乗ったとすれば、そろそろ、伊東に着いている頃である。

十津川と亀井は、手分けして、登ってくるであろう慶子を、見つけることにした。ひとりで、加東の別荘にいかせることは、出来なかったからである。

ふいに、林の奥で、亀井の声がきこえた。

十津川は、走っていった。

うす暗い林のなかで、亀井が若い女を押さえていた。

「五十嵐慶子さんですね？」

と、十津川が、声をかけた。姉妹だけに、真紀や由美に、よく似ている。

慶子は、黙って、十津川を睨んでいた。

亀井が、手を放したが、慶子は逃げる気配は、見せなかった。

亀井は、地面に落ちていたハンドバッグを拾いあげ、なかを見ていたが、

「こんなものが、入っていましたよ」

と、十津川に、折りたたみ式のナイフを差し出した。

十津川は、苦笑しながら、

「これで、何をする気だったんですか？」

と、慶子を見た。

「姉を助け出したかったんです。ナイフを持っていたって、罪にはならないんでしょう？」

慶子は、十津川を睨んだ。

「ひとりで、あの別荘に乗りこんでも、何も出来ませんよ」

「じゃあ、警察が姉を捜してくれれば、いいじゃありませんか。あなたたちが、何もしてくれないのなら、私を止めないでほしいわ」

「あそこに、真紀さんが監禁されているとわかったら、直《ただ》ちに、飛びこみますよ」

と、十津川は、いった。

「いつになったら、それがわかるんです？」

といって、慶子は、また、十津川を睨んだ。

7

時間が、また、無駄に過ぎていく。

車の無線電話で、北条早苗が、連絡してきた。

白金台のマンションには、人の気配はなく、管理人や住人の話でも、車椅子の女が入るのを見たことはないという。

それだけだった。ますます、上の別荘に、五十嵐真紀が監禁されている可能性が大きくなったのだが、証拠はない。

また、時間が、たっていく。

のどが渇くので、伊東の町で買い求めたミネラルウォーターを、十津川も亀井も、しきりに、口に流しこんだ。

慶子は、黙りこんでしまっている。

午後三時半過ぎ。

西本刑事から、連絡が入った。

「やっと、早坂が自供しましたよ。五十嵐真紀は、そちらの別荘に、監禁されているそうです」

西本が、興奮と疲労の入り混じった声で、いった。

「よくやった。別荘のどこに監禁されているんだ？」

「地下室です」

と、西本は、いってから、

「警部に、了解を得ておきたいことがあります」

「何だ？」

「早坂に、一発くらわせました。いや、二発です。申しわけありません」

「まあいいさ。新聞記者や弁護士が、何かいったら、私の命令で、殴ったと、いっておくんだ」

十津川は、電話を切ると、亀井に向かって、

「さあ、いこう」

と、声をかけた。

「彼女は、どうしますか？」

「もちろん、私もいきます」

と、慶子は、顔を紅潮《こうちょう》させて、いった。

「危険ですよ。相手が、どう出てくるか、わかりませんからね」

十津川はいったが、慶子は、

「そのくらい、覚悟しています」

と、強い調子で、いった。

「じゃあ、きなさい。ただし、われわれの邪魔をしないでほしい」

と、十津川はいい、車で、坂道をあがっていった。

一応、門についているインターホンを鳴らした。が、今度は、返事がなかった。

十津川は、内ポケットの拳銃を調べ直してから、亀井と、門を入っていった。

玄関の扉は、閉まっていて、ノブを回してみたが、開かない。

十津川は、拳銃を抜き出して、右手に持つと、邸《やしき》の横に回っていった。大きなガ

レージがあり、ベンツが一台入っている。亀井が、ボンネットを開け、ディストリビューターを二本、引き抜いた。

ガレージの奥に、扉があって、そこから邸のなかに入ることが出来るようになっている。

十津川は、拳銃の台尻で鍵をこわして、扉を開けた。

そこは、キッチンの横になっている。広いキッチンを横切って、広間に出たが、誰もいない。

「私は、地下室を捜します」

と、慶子が、小声でいった。

「何かあったら、大声を出しなさい」

と、十津川はいっておいて、亀井と、二階へあがっていった。

じゅうたんの敷きつめられた階段をあがって、二階のホールに着いた瞬間、鈍《にぶ》い爆発音と同時に、眼の前が真っ白になった。白煙が立ちこめる。猛烈な刺激が、十津川と亀井に、襲いかかってくる。

眼が開けていられない。

「催涙《さいるい》弾です！」

と、亀井が叫ぶ。

「わかってる。伏せろ！」

と、十津川が、怒鳴《どな》り返した。

二人は、床に身体を伏せ、いったん、階段を、後ずさりする格好で、おりていった。

一階におりると、キッチンに入り、水道を出しっ放しにして、二人は眼を洗った。

ゆっくりと、階段をおりてくる足音がきこえた。

防毒マスクをつけた三人の男が、ガス銃と拳銃を手にして、おりてきたのだ。

十津川が、拳銃を構えようとしたが、眼が痛んで、狙いが定まらない。

男の一人が、また、ガス銃を発射した。

十津川と亀井の近くで爆発し、強烈な催涙ガスが立ちこめる。

「カメさん。外に出ろ！」

と、十津川は、叫んだ。

眼が見えないままに、二人は、窓ガラスに体当たりした。ガラスの破片の飛び散るなかで、二人は、中庭に転がり出た。

素早く起きあがった。が、肝心の眼が開けられない。とめどなく、涙があふれて、前方が見えないのだ。

「刑事さん。拳銃を捨てなさい。そんなんじゃ、撃《う》てませんよ」

と、加東が、落ち着いた声でいった。その声はきこえるのだが、姿が見えない。

「畜生！」

と、もう一人の男の声が、叫んだ。

「車が動かない！」

「おまわりが、エンジンに細工しやがった！」

三人目の男が、怒鳴っている。

「諦《あきら》めるんだ！　降伏しろ！」

と、十津川は、大声でいった。

加東の嘲笑《ちょうしょう》が、はね返ってきた。

「眼も見えないで、何が出来るんだね」

と、加東は拳銃を構えていい、二人の男に向かって、

「刑事さんたちのパトカーがあるはずだ。それを使うんだ」

「キーがないぞ」

「キーか」

と、加東は、十津川たちに眼を向けて、

「刑事さん。パトカーのキーを、渡すんだ。そっちは、撃ったって当たらん。こっちは、いつだって、あんたたちの命をもらえるんだ」

「何を！」

と、亀井が、その声に向かって、拳銃を発射した。

だが、加東は、笑い声をあげて、

「大外《おおはず》れだよ。刑事さん。こっちは、狙いは外さんからね」

と、いい、亀井に向かって、拳銃を撃った。

亀井が、呻《うめ》き声を発して、芝生の上に転倒した。

「カメさん。大丈夫か！」

と、十津川が声をかけた。が、まだ、眼が見えない。

「大丈夫だよ。十津川さん。足を撃っただけだ。しかし、下手《へた》をすると、出血多量で死ぬかもしれないな。可愛《かわい》い部下を死なせたくなかったら、パトカーのキーを渡すんだ」

と、加東が、いう。

「わかった。だが、逃げられやしないぞ」

といって、十津川は、キーを投げた。

「それは、心配してくれなくて、結構だよ」

と、加東はいい、キーを、仲間に渡して、

「エンジンをかけておけ」

と、いった。

その男が、外に飛び出していったあと、加東は、十津川に向かって、

「お二人が生きていると、逃げにくいんでね。申しわけないが、死んでいただくよ」

と、冷静な口調で、いった。

「刑事を殺せば、死刑だぞ」

「わかっている。君はもう死ぬんだから、死んだあとの心配まで、しなさんな」

「今渡したキーは、私のマンションのだよ。車は動かないぞ」

「何だと！」

加東の声が、自然に大きくなった。

十津川は、その声に向かって、拳銃を発射した。

当たらないのは、わかっている。それでも、続けて、二発、三発と、撃ち続けた。

撃っておいて、芝《しば》の上に転がって、弾倉を替える。

「畜生！」

という、加東の叫び声が、きこえた。十津川の撃った弾丸が、身体のどこかに当たったか、かすったかしたのだろうか。

「畜生！　殺してやる！」

加東の怒鳴り声がきこえた。

「カメさん、撃て！」

と、十津川は、叫んだ。それに応じるように、拳銃の発射音が、起きた。

亀井が、撃っているのだ。その間、十津川は必死に眼をこすった。とめどなくあふれてくる涙。

一瞬でもいいから、相手が見えてくれと、祈った。

突っ立っている二人の男の姿が、ぼんやり見えた。その一人が、拳銃を構えている。十津川は、腹這《ば》いのまま、狙いをつけた。

また、相手が見えなくなる。

（命中してくれ）

と、念じて、十津川は、撃った。撃ち続けた。

「わあッ」

という悲鳴がきこえ、地ひびきが、伝わってきた。

一瞬、重苦しい沈黙になった。そのなかで、十津川は、必死で、また、弾倉を取り替える。

「警部！　大丈夫ですか！」

という女の声が、きこえた。

北条刑事の声だった。

8

北条と、三田村の二人の刑事が、きてくれたのだ。

加東は、腹部に弾丸が命中して、死んでいた。

十津川は、すぐ救急車を呼んで、亀井を、病院に運んでおいてから、眼を洗い、地下室を捜した。

入口は見つかったが、入口の扉には、鍵がかかっていた。

加東の仲間が、監禁していた五十嵐真紀と、助けに入った妹の慶子を、閉じこめてしまったのだ。

錠を開け、おりていくと、地下室の隅に置かれた簡易ベッドに腰を下ろして、姉妹が、抱き合っていた。

「大丈夫か？」

と、十津川が声をかけると、慶子が、

「ええ、大丈夫です」

「お姉さんは？」

「私のことは覚えているんです。でも、自分が、どこに監禁されているか、わからないらしいんです」

と、慶子は、いった。

「衰弱しているだろうから、すぐ、病院へ運んだ方がいいな」

と、十津川はいい、もう一台、救急車を呼んだ。

翌日から、逮捕された加東の仲間二人と、成田空港で捕まった早坂哲次の訊問が始められた。

三人の自供からわかったことは、次のようなストーリィである。

加東は、野心家で、金と、親しい暴力団の力を借りて、バブルで儲けた。一番の収入は、地あげによるもので、女と酒の好きな加東は、その金で、連日のように、銀座、六本木、赤坂《あかさか》などのクラブを飲み回った。

その時、知り合ったのが、早坂だった。

若くて、小才《こさい》の利く早坂は、加東のために、女子大生を連れてきたりもしたらしい。

それが、バブルがはじけて、加東も大損をした。

そこで、加東が考えたのが、覚醒剤の密売だった。前に、暴力団に関係していたので、手に入れるルートは、わかっている。

彼は、小さな貿易会社を作った。が、これは、白金台のマンションの自分の部屋に、看板を出しただけの会社で、もっぱら、東南アジアから、覚醒剤を密輸入するためのものだった。

人員は、少数精鋭にした。これは犯罪だから、警察に密告されたら、それで、終わりだったからだ。

不動産の仕事をしていた時からの部下で、小野《おの》と楠木《くすのき》という二人の男、それに早坂だけにした。

覚醒剤を売る方は、もっぱら、早坂が引き受けた。

早坂が、日頃、六本木などのディスコに出入りし、ミュージシャンや、若いタレントと知り合いだったから、覚醒剤を売るには適していたのだろう。

この商売は、上手《うま》くいっていた。

それが、一人の女のために、突然、危機に陥《おちい》ってしまった。

早坂は、女好きでよく遊んだが、絶対に、自分のマンションには、連れていかなかった。彼のマンションには、いつも一キロから二キロの覚醒剤が、隠してあったからである。

たいていの女は、早坂と適当に遊んで、別れ、彼の自宅にこようとはしなかったのだが、五十嵐真紀というＯＬだけは、違っていた。彼女は、本当に、早坂を愛してしまった。

故郷の両親の頼みで、どうしても、会津若松に帰らなければならなくなった時、真紀は、早坂の家にいきたいと思った。

もらったボーナスで、彼へのプレゼントを買い、彼の乗るシーマを、タクシーで尾けた。彼がいない時、真紀は、彼の恋人だといって、管理人に、早坂の部屋を開けてもらった。

真紀は、部屋の机の上に、プレゼントを置き、置き手紙をして、カッコよく帰ろうと思ったのだが、そこへ早坂が、帰ってきてしまった。

秘密を知られたと思った早坂は、真紀を殺すことに決めた。隙《すき》を見て、スパナで後頭部を殴りつけ、そのあと、車ではねて、自動車事故に見せかけることにした。

ところが、死んだと思った真紀が、生きて、国立の栗田病院で、治療を受けていることがわかった。幸い、記憶がなくなっているということだったが、いつ記憶が戻るかわからない。

そこで、加東が父親、早坂が兄ということで、病院にいき、医者を欺《だま》して、連れ戻り、伊豆の別荘に監禁した。すぐ殺さなかったのは、早坂のことも、まったく憶《おぼ》えていなかったからである。

それで、ほっとしていると、今度は、私立探偵の小島と名乗る男から、突然、早坂に電話がかかった。

小島は、こういった。自分は、銀座の青木ビルのなかにある中田探偵社の人間だが、会津若松の五十嵐由美という女性から、行方不明になっている姉の真紀を捜してほしいという依頼を、引き受けて調べている。その結果、あなたが、その失踪に深い関係があることがわかった。それを報告書にしたが、あなたが、五百万で買ってくれるなら、依頼主には、何もわからなかったと報告すると。

覚醒剤のことは、知らないようだったが、危険な男に変わりはない。

早坂は、車で、小島を迎えにいき、殺そうとした。小島は、必死になって、明日、一三時一二分東京着の東北新幹線で、依頼主の由美がくることになっている。だから、おれを殺しても無駄だと、いった。小島は、まだ、その由美に会ったことがなく、電話だけで話したことを確かめてから、早坂は、容赦《ようしゃ》なく、小島を殺してしまった。

翌日、早坂は、小島になりすまして、東京駅に、五十嵐由美を迎えにいった。

由美は、すぐわかった。姉の真紀に、よく似ていたからである。

早坂は、小島と名乗り、彼女に駅構内の食堂でカレーライスをご馳走《ちそう》して、安心させておき、夏バテにいいといって、カプセルに入ったビタミン剤をすすめた。もちろん、なかにはビタミンの代わりに、青酸を入れておいたのである。

早坂は、ビタミン入りのものを、自分で飲んでみせた。それでも、由美が飲まなかったら、車に乗せて、どこかで殺してしまうつもりだった。

由美は、飲んだ。たぶん、私立探偵の気を悪くしてはまずいと、思ったのだろう。

早坂は、女が飲んだのを確かめてから、実は、これから、他の調査にいかなければならないと、由美にいった。だが、銀座の探偵社にいってくれれば、受付で、調査報告書を、渡すようになっているとも、いった。由美が、銀座のどのあたりですかときくので、数寄屋橋で、青木ビルときけば、すぐわかると教えて、早坂は、彼女と別れた。

五、六分もすれば、カプセルは溶けるだろう。だから、探偵社に着く前に、由美は、青酸死してしまうに違いないと、早坂は、考えていたのだ。

だが、カプセルの溶けるのがおくれ、由美は、数寄屋橋の交番で、青木ビルのことをきいている時に、死んだ。

これが、早坂たちの自供のすべてだった。

彼等の自供に従って、晴海《はるみ》の海を調べた結果、重しをつけられて、海に沈んでいる小島探偵の死体が、見つかった。

伊東の病院に運ばれた亀井は、右太ももを撃たれていたが、一週間もすれば、退院できるだろう。

十津川が、加東を射殺したことについては、正当な行動とみられそうである。

二日後。

十津川は、北条早苗刑事と、東京駅に、真紀と慶子の姉妹を送りにいった。

真紀は、まだ、車椅子に、のっていた。

真紀は、十津川と早苗に向かって、

「いろいろ、ありがとうございました」

と、いった。が、これは、恐らく慶子が、そういわせたので、なぜ、そういわなければならないのか、わからないような表情をしていた。

東北新幹線の「やまびこ113号」が、姉妹を乗せて走り去るのを、十津川と早苗は見送った。

「真紀さんは、記憶が取り戻せるんでしょうか？」

と、早苗が、きいた。

「医者の話では、家族といつも一緒にいれば、少しずつ、取り戻せるそうだよ。私は、医者の話を、信じるよ」

と、十津川は、いった。

解説——伊豆《いず》のいで湯と列車が誘《いざな》うミステリー

推理小説研究家　山前《やままえ》　譲《ゆずる》

これまで西村京太郎《にしむらきょうたろう》作品で伊豆《いず》半島が舞台として優遇されてきたことは、あらためて言うまでもないだろう。タイトルに「伊豆」を冠したものは、十津川《とつがわ》警部シリーズの長編だけでも、『南伊豆高原殺人事件』、『伊豆の海に消えた女』（祥伝社文庫）、『伊豆海岸殺人ルート』、『伊豆誘拐行』、『南伊豆殺人事件』、『伊豆下賀茂《しもがも》で死んだ女』（祥伝社文庫）、『西伊豆　美しき殺意』がある。伊豆半島の面積は一四〇〇平方キロメートル余りだが、日本の国土面積からすると一パーセントにも遥《はる》かに及ばないのだから、事件発生率がかなり高いのは間違いないところだ。

もちろん、首都圏から近い伊豆半島が、レジャーとしての旅の目的地に最適な地域なのも間違いない。マスコミでよく目にする温泉だけでも、熱海《あたみ》、伊東《いとう》、熱川《あたがわ》、稲取《いなとり》、下田《しもだ》、湯ケ島《ゆしま》、修善寺《しゅぜんじ》、伊豆長岡《ながおか》、北川《きたがわ》、土肥《とい》などがあり、それぞれに長い歴史を重ねている。温泉好きの日本人にはたまらないはずだ。また、太平洋に突き出た半島だけに海産物は豊富で、自然環境の保たれた大地からの恵みも堪能《たんのう》できる。十津川警部ならずとも、何度も訪れたい地域だろう。

「十津川警部の休暇」や「河津七滝《かわづななだる》に消えた女」のような、妻の直子《なおこ》と連れ立っての休暇の旅もこれまでになかったわけではないが、厄介《やっかい》なことに、事件が必ずオプショナル・ツアーで組み込まれている。せっかく人気の観光地へ行っても、十津川警部はなかなかゆっくりできない。やはり事件の捜査が優先されてしまうのだ。それでも、そこかしこで伊豆の温泉へ入る場面があって、十津川警部の温泉好きを証明している。

本書『十津川警部捜査行　愛と殺意の伊豆踊り子ライン』は、その伊豆を舞台にした作品をまとめての一冊である。

独《ひと》り暮らしの女性が狙われた連続殺人事件を十津川警部が追う「午後の悪魔」は、なかなか容疑者が絞《しぼ》れず、捜査が難航している。しかも重要な捜査情報がマスコミに漏れ、ますます十津川は窮地に追い込まれている。独り暮らしの女性たちに不安が広がっていった。なんとか早く解決を！　懸命の捜査で容疑者をようやく割り出すが、その男は逃走し、西伊豆で死体となって発見される。捜査陣の失態か？　十津川警部の苦悩がひしひしと伝わってくる、読み応《ごた》えたっぷりの作品である。

続く「二階座席《シート》の女」では、十津川警部の捜査活動になくてはならない亀井《かめい》刑事が、やっととれた休みの日、息子の健一《けんいち》に付き合っている。大の鉄道ファンの健一が、「スーパービュー踊り子号」に乗りたいと言いだしたからだ。それも、二階建てになっているグリーン車に座りたいというのである。

事件を解決したばかりの疲れた体で、新宿《しんじゅく》駅から特急「スーパービュー踊り子号」に乗った亀井刑事は、たちまち、眠ってしまった。その亀井を健一が起こす。「あそこの女の人、変だよ」と。近寄ってみると、亀井の目の前で女は身もだえして死んでしまう。青酸中毒死だった。まもなく伊東に着こうかというところで起こった、密室空間の特急内での殺人事件である。

管轄外とあって、口を出す必要はない。ただの目撃者にしかすぎないのだ。予定通り、終点の下田からトンボ返りして自宅に帰った亀井だったが、翌日、警視庁に静岡《しずおか》県警から連絡が入る。亀井に来てほしいというのだ。なんと死んだ女性の手に、亀井刑事の名刺が！

自らが殺人事件の容疑者となってしまった亀井だが、もちろん犯人であるはずがない。しかし、不利な証拠が次々と見つかる。十津川警部や同僚の刑事たち、そして家族の協力を得て、真相に迫っていく亀井だった。

もっとも、亀井自身は、こんな事態になっても、あまり動揺することはなかったかもしれない。十津川シリーズの刑事ともなれば、ただ事件の捜査に携《たずさ》わっていればいいというわけではないのだ。これまでにも何度となく、犯人扱いされるような緊急事態に直面しているからである。

一番大変だったのは『津軽《つがる》・陸中《りくちゆう》殺人ルート』だろうか。親戚の結婚式のために青森《あおもり》へ向かう途中、妻子を誘拐したと脅迫される。やむなく指示に従っているうちに、殺人容疑で逮捕されてしまうのだった。十津川警部の必死の捜査が印象的である。

北海道を舞台にした『特急「おおぞら」殺人事件』も誘拐絡《がら》みだった。釧路《くしろ》へ向かう特急で健一が誘拐され、犯人の指示でジュースを飲んだ亀井は意識を失ってしまう。気がつくと血まみれのナイフが手に……。犯人の罠にはまってしまった亀井は、ここでも殺人容疑で逮捕されてしまう。

本書収録の「二階座席の女」では、ちょっと微妙な立場になってしまった健一少年だが、彼自身もずいぶん危ない目にあっている。「黒部《くろべ》トロッコ列車の死」では事件の目撃者となってしまい、犯人から命を狙われ、怪我を負っている。SLホテルに泊まりたくて、いとこの由紀《ゆき》と一緒に小海《こうみ》線の野辺山《のべやま》へ向かった「高原鉄道殺人事件」(祥伝社文庫・同題短編集に収録)では、銃殺事件に遭遇していた。

また、「青に染まった死体」では、やはり東伊豆の海岸を走る「リゾート21」の車内から事件を目撃したりと、普通の小学生とはちょっと違った体験をしている。それも刑事の父親のせいだと、諦《あきら》めてもらおう。もっとも、『特急ワイドビューひだ殺人事件』のように、健一の鉄道知識が事件解決に役立ったこともあるのだが。

その健一少年が乗りたがった「スーパービュー踊り子号」は、首都圏と伊豆半島を結ぶリゾート特急である。一九八一年一〇月、特急「あまぎ」と急行「伊豆」が統合され、新たに特急「踊り子」が東京駅―伊豆急下田駅間を走り出した。もちろんその愛称は川端康成《かわばたやすなり》の名作「伊豆の踊子」に由来するが、一般公募によって命名されたものだった。一九八三年発表の「L特急踊り子号殺人事件」は、その新しい特急の車内で会社社長の死体が発見されている。

以来、特急「踊り子」は伊豆への旅を代表する列車として走り続けたが、見晴らしのいいハイデッカーとダブルデッカーを採用し、その旅をより快適なものとする「スーパービュー踊り子」が、一九九〇年四月、新宿《しんじゆく》駅・池袋《いけぶくろ》駅・東京駅―伊豆急下田駅間を走りはじめた。だから、本書収録の「二階座席の女」は、新型列車の登場からまだ半年しか経《た》っていない頃の事件なのだ。鉄道マニアの健一少年がやけに熱心なのも当然だろう。そして、その熱心さが、父親の危機を救うことにもなるのだった。

伊豆ならやはり温泉、というのであれば「偽《いつわ》りの季節　伊豆長岡《ながおか》温泉」だ。

伊豆長岡温泉の旅館に、有名な小説家の早川《はやかわ》が泊まっていた。夜、彼のもとを女性が訪ねてきたが、その女性が翌朝、絞殺死体となって発見される。早川の姿はない。彼が犯人⁉　ところが、早川の自宅に電話をすると、本人が出てきた。旅館に泊まっていたのは偽物《にせもの》？　早川は東京在住だった。静岡県警から警視庁に捜査協力の要請があって、早川のもとを訪れたのは、十津川警部と亀井刑事である。

伊豆長岡温泉は伊豆半島の根本、一番くびれているあたりにあり、中伊豆屈指の湯量を誇る。旧伊豆長岡町を二分する源氏山《げんじやま》の東側が古奈《こな》温泉、西側が長岡温泉で、現在はふたつ合わせて伊豆長岡温泉と総称している。泉質は単純アルカリ泉。古奈温泉は伊豆三古湯《ことう》のひとつで、その開湯《かいとう》は一三〇〇年前と言われ、かの源《みなもとの》頼朝《よりとも》も好んだという。宿によっては、富士山《ふじさん》を眺《なが》めながら温泉を堪能できるようだ。

事件の進展とともに、十津川や亀井も伊豆長岡温泉を訪れている。ただ、やはりその絶景を楽しむ時間はなかった。事件とはまったく関係ないのだが、中年太りを気にしながらも、苦いのは嫌いだからと、コーヒーに砂糖とクリームを沢山《たくさん》入れる十津川の姿にも注目だろう。

東京の銀座《ぎんざ》で起こった事件が伊豆へと舞台を移すのは「会津若松《あいづわかまつ》からの死の便り」である。数寄屋橋《すきやばし》の交番で警察官に何かを聞こうとした若い女性が、突然苦しみだし、死んでしまう。青酸中毒死だった。「この近くに、確か、あお――」というダイイング・メッセージを頼りに、会津若松に住んでいた被害者が、なんの目的で銀座を訪れたかを探っていく十津川警部たちだが、その捜査の手は、やがて伊東の別荘へと延ばされた。

東伊豆が別荘地として一段と発展したのは、一九六一年に伊豆急行線（伊東駅―伊豆急下田駅）が開通してからだという。黒潮《くろしお》の影響で一年を通して気候は温暖であり、とりわけ温泉の多い東伊豆は、古くから保養地・療養地として親しまれていたが、交通の便がよくなって、なおいっそう注目されたようだ。

近年では、リタイア後のセカンドライフの地として選ぶ人も増えているらしい。たしかに、温泉に入るだけでなく、海水浴、ゴルフ、釣り、美術館巡《めぐ》り、ガーデニングなどいろいろと楽しみがあるのが伊豆である。なにより、豊かな自然は我々を癒《い》やしてくれるはずだ。

「会津若松からの死の便り」では、その東伊豆にある伊東の別荘が重要な舞台である。「小高い丘の中腹に、まるで要塞《ようさい》のように、建てられている」というのだから、ちょっと物々しい建物だ。二〇世紀初頭から伊東温泉保養地として別荘が建ちはじめたとのことだが、一九一三年に伝染病の研究で世界的に知られた北里柴三郎《きたざとしばさぶろう》が別荘を構えたことで、政財界人や文人が伊東に別荘を構えるようになったという。その別荘は今は取り壊されているが、千人風呂と呼ばれた日本初の室内温泉プールがあったそうだ。

十津川警部とともに巡る伊豆の旅はいかがだったろうか。もちろん実際に訪ねるときには、殺人事件というオプショナル・ツアーはないから安心である。温泉、グルメ、スポーツ、芸術……日本屈指のリゾート地をたっぷりと楽しんでいただきたい。

初出リスト

・午後の悪魔　　　　　　　　　　『別冊小説宝石』光文社　１９９７年　初夏特別号
『十津川警部の試練』収録（光文社―98年7月　同文庫―01年９月）

・二階座席の女　　　　　　　　　『小説現代』　講談社　１９９１年　1月号
『十津川警部C11を追う』収録（講談社―91年10月　同文庫―94年7月

・偽りの季節　伊豆長岡温泉　『オール讀物』　文藝春秋　１９９５年　11月号
『青に染まる死体　勝浦温泉』収録（文藝春秋―97年1月　同文庫―99年8月）
『十津川警部　日本周遊殺人事件〈世界遺産編〉』収録（徳間書店―16年7月）

・会津若松からの死の便り　　　『問題小説』　徳間書店　１９９２年　8月号
『会津若松からの死の便り』収録（徳間書店―92年11月　同文庫―95年6月
双葉文庫＝改題『身代り殺人事件』―97年4月）

本書は、実業之日本社より2008年11月新書判で、双葉社より2009年11月に文庫判で刊行されました。なお、本作品はフィクションであり、実在の個人・団体などとはいっさい関係ありません。また、鉄道の状況などは作品発表当時のままにしてあります。

一〇〇字書評

切・り・取・り・線

購買動機（新聞、雑誌名を記入するか、あるいは○をつけてください）	
□（	）の広告を見て
□（	）の書評を見て
□ 知人のすすめで	□ タイトルに惹かれて
□ カバーが良かったから	□ 内容が面白そうだから
□ 好きな作家だから	□ 好きな分野の本だから

・最近、最も感銘を受けた作品名をお書き下さい

・あなたのお好きな作家名をお書き下さい

・その他、ご要望がありましたらお書き下さい

住所	〒				
氏名		職業		年齢	
Eメール	※携帯には配信できません	新刊情報等のメール配信を 希望する・しない			

この本の感想を、編集部までお寄せいただけたらありがたく存じます。今後の企画の参考にさせていただきます。Eメールでも結構です。

いただいた「一〇〇字書評」は、新聞・雑誌等に紹介させていただくことがあります。その場合はお礼として特製図書カードを差し上げます。

前ページの原稿用紙に書評をお書きの上、切り取り、左記までお送り下さい。宛先の住所は不要です。

なお、ご記入いただいたお名前、ご住所等は、書評紹介の事前了解、謝礼のお届けのためだけに利用し、そのほかの目的のために利用することはありません。

〒一〇一‐八七〇一
祥伝社文庫編集長　坂口芳和
電話　〇三（三二六五）二〇八〇

祥伝社ホームページの「ブックレビュー」からも、書き込めます。
http://www.shodensha.co.jp/bookreview/

祥伝社文庫

十津川警部捜査行《とつがわけいぶそうさこう》　愛《あい》と殺意《さつい》の伊豆《いず》踊《おど》り子《こ》ライン

平成31年4月20日　初版第1刷発行

著　者　西村京太郎《にしむらきょうたろう》

発行者　辻　浩明

発行所　祥伝社《しょうでんしゃ》

東京都千代田区神田神保町3-3
〒101-8701
電話　03（3265）2081（販売部）
電話　03（3265）2080（編集部）
電話　03（3265）3622（業務部）
http://www.shodensha.co.jp/

印刷所　萩原印刷
製本所　ナショナル製本
カバーフォーマットデザイン　芥 陽子

Printed in Japan ©2019, Kyotaro Nishimura ISBN978-4-396-34509-9 C0193

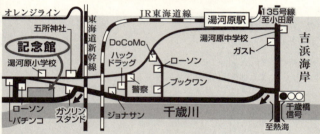

西村京太郎ファンクラブのお知らせ

会員特典（年会費2200円）

◆オリジナル会員証の発行
◆西村京太郎記念館の入場料半額
◆年2回の会報誌の発行（4月・10月発行、情報満載です）
◆抽選・各種イベントへの参加（先生との楽しい企画考案中です）
◆新刊・記念館展示物変更等のハガキでのお知らせ（不定期）
◆他、追加予定!!

入会のご案内

■郵便局に備え付けの郵便振替払込金受領証にて、記入方法を参考にして年会費2200円を振込んで下さい　■受領証は保管して下さい　■会員の登録には振込みから約1ヶ月ほどかかります　■特典等の発送は会員登録完了後になります

［記入方法］**1枚目**は下記のとおりに口座番号、金額、加入者名を記入し、そして、払込人住所氏名欄に、ご自分の住所・氏名・電話番号を記入して下さい

郵便振替払込金受領証　窓口払込専用

口座番号	00230-8-17343	金額	2200
加入者名	西村京太郎事務局	料金	（消費税込み）　特殊取扱

2枚目は払込取扱票の通信欄に下記のように記入して下さい

通信欄	(1) 氏名（フリガナ） (2) 郵便番号（7ケタ）※必ず7桁でご記入下さい (3) 住所（フリガナ）※必ず都道府県名からご記入下さい (4) 生年月日（19××年××月××日） (5) 年齢　(6) 性別　(7) 電話番号

※なお、申し込みは、郵便振替払込金受領証のみとします。
メール・電話での受付は一切致しません。

■お問い合わせ（西村京太郎記念館事務局）
TEL 0465-63-1599

祥伝社文庫の好評既刊

祥伝社文庫の好評既刊

西村京太郎

十津川警部捜査行
SL「貴婦人号」の犯罪

鉄道模型を売っていた男が殺された。犯人は「SLやまぐち号」最後の運行を見ると踏んだ十津川は山口へ！

西村京太郎

九州新幹線マイナス1

東京、博多、松江――放火殺人、少女消失事件、銀行強盗、トレインジャック！　頭脳犯の大掛かりな罠に挑む！

西村京太郎

夜の脅迫者

迫る脅迫者の影――傲慢《ごうまん》なエリート男を襲った恐怖とは？（「脅迫者」）。ひと味ちがうサスペンス傑作集！

西村京太郎

完全殺人

〈最もすぐれた殺人方法を示した者に大金をやる〉――空《あき》別荘に集められた四人に男は提案した。その真意とは？

西村京太郎

裏切りの特急サンダーバード

〝十一億円用意できなければ、疾走中の特急を爆破する〟――刻限《タイムリミット》迫る中、犯行グループにどう挑む？

西村京太郎

狙《ねら》われた寝台特急「さくら」 新装版

人気列車での殺害予告、消えた二億円、眠りの罠――十津川警部たちを襲う謎、また謎、息づまる緊張の連続！

祥伝社文庫の好評既刊

西村京太郎
伊良湖《いらご》岬　プラスワンの犯罪

姿なきスナイパー・水沼《みずぬま》の次なる標的とは？　十津川と亀井は、その足取りを追って、伊良湖――南紀白浜へ！

西村京太郎
狙われた男
秋葉《あきば》京介《きょうすけ》探偵事務所

裏切りには容赦をせず、退屈な依頼は引き受けない――。そんな秋葉の探偵物語。表題作ほか全五話。

西村京太郎
十津川警部　哀《かな》しみの吾妻《あがつま》線

長野・静岡・東京で起こった事件の被害者は、みな吾妻線沿線の出身だった――偶然か？　十津川、上司と対立！

西村京太郎
十津川警部　姨捨《おばすて》駅の証人

亀井は姨捨駅で、ある男を目撃し驚愕した――（表題作より）。十津川警部が四つの難事件に挑む傑作推理集。

西村京太郎
萩・津和野・山口　殺人ライン
高杉晋作《たかすぎしんさく》の幻想

出所した男の手帳には、六人の名前が書かれていた。警戒する捜査陣を嘲笑《あざわら》うように、相次いで殺人事件が！

西村京太郎
十津川警部　七十年後の殺人

二重国籍の老歴史学者。沈黙に秘められた大戦の闇とは？　時を超え、十津川警部の推理が閃く！

祥伝社文庫の好評既刊

西村京太郎
急行奥只見《おくただみ》殺人事件
新潟・浦佐から会津若松への沿線で連続殺人⁉ 十津川警部の前に、地元警察の厚い壁が……。

西村京太郎
私を殺しに来た男
十津川警部が、もっとも苦悩した事件とは？ ミステリー第一人者の多彩な魅力が満載の傑作集！

西村京太郎
十津川警部捜査行 恋と哀しみの北の大地
特急おおぞら、急行宗谷、青函連絡船——白い雪に真っ赤な血……旅情あふれる北海道ミステリー作品集！

西村京太郎
特急街道の殺人
謎の女『ミスM』を追え！ 魅惑の特急が行き交った北陸本線。越前と富山高岡を結ぶ秘密！

西村京太郎
十津川警部 絹の遺産と上信《じょうしん》電鉄
西本刑事、世界遺産に死す！ 捜査一課の若きエースが背負った秘密とは？ そして、慟哭の捜査の行方は？

西村京太郎
出雲《いずも》 殺意の一畑《いちばた》電車
駅長が、白昼、ホームで射殺される理由——山陰の旅情あふれる小さな私鉄で起きた事件に、十津川警部が挑む！